CLANDESTINOS

[Relatos ficticios, o no, de la Ciudad del mundo]

Juan José Morales González

3ª edición. Versión electrónica para Amazon ID: AIMOEMDOWM35

CLANDESTINOS. CLAVE INDAUTOR 03-2016-012209201100-01

ISBN: 978-607-29-0450-7

Impreso en México / Printed in México

Dedicatoria

A mi hija Sofía. El impulso de volver a creer y vivir.

A mi familia. Autores indirectos de este loco mexicano.

A Andrea. La musa, la persona y mujer. Te fuiste, pero quedaste ahí.

A Dalia López. Y sigues aquí. ¡Gracias!

A todos los seres humanos vestidos de clandestinidad.

Y en particular, a mi gran ciudad de México.

PRÓLOGO

"Probablemente de todos nuestros sentimientos, el único que no es verdaderamente nuestro, es la esperanza. La esperanza le pertenece a la vida, es la misma vida defendiéndose"

-Cortázar

Las vivencias de cada ser humano son en cierta forma algo muy clandestino, si es que se acepta y se comprende como clandestino algo fuera de la ley y de las regulaciones sociales donde se desarrolla la convivencia social de cada persona, y es que en cada uno de nosotros hay muchos pensamientos, sueños, deseos y frustraciones que no las exteriorizamos, se quedan en nuestro yo, en ese rincón muy íntimo, muy clandestino de cada quien. Muchas de las vivencias de la vida misma de cada ser humano se dan, se experimentan segundo a segundo, dentro de un parámetro de tiempo como por ejemplo el que nos otorga la señal de un semáforo, y es así como comienza la manera que nos involucra Juan José Morales en esa clandestinidad de varias personas, en esa intimidad de cada ser humano. Aquella visión de un mundo particular, en un entorno muy amplio, pero que a su vez se convierte en algo muy privado, como esa mirada entre alguien, o como la intimidad que se da en una habitación, o como el pensamiento que se propicia por parte del ser humano y el Dios al que alaba, de todo aquél que percibe y siente, que piensa e interpreta el cruce, el roce, el encontronazo con aquellas miradas furtivas de un alguien que se cruza en el camino.

Su narrativa nos otorga la piedra vórtice para invitarnos a reflexionar, pero sobre todo a involucrarnos en la vida de varias personas, que al fin de una u otra manera se entrelazan, como se cruzan millones de personas cada segundo de cada día, pensamientos e ideas en una intersección de cualquier población, de cualquier punto en la latitud y en la longitud de nuestro globo terráqueo y además vivencias que se transcriben y expresan mediante las palabras cotidianas del diario vivir, pero que aún más son experimentadas por lo crudas, directas, como lo es la vida misma, y que nos envuelven y nos arropan en alguno de los personajes, que por si mismos son las vivencias reales de algún yo mismo que las ha sentido en su propio ser.

Sin duda alguna, y sin ningún recato, con la propia honestidad de la vida que día a día realiza, Juan José Morales nos otorga, nos da , nos regala, nos arropa a través de sus personajes que sin duda alguna podemos ser uno de nosotros de mismos, si es que somos lo suficientemente valientes y honestos y nos quitamos la máscara de la hipocresía, de la conformidad con nuestro estatus, y sobre todo de la doble moral ,que ahora es una de las formas más frecuentes de ser y no ser al mismo tiempo en el continuo devenir de la existencia de los seres humanos.

Juan José Morales nos involucra, nos describe, nos envuelve, nos liga a las vidas de las Melinas, etc. que segundo a segundo, minuto a minuto, día a día se involucran en ese complejo, pero a la vez sencillo tejido social donde todos los sentimientos humanos se desarrollan y se conjugan, se expresan a veces sin limitaciones, pero también a veces con muchos obstáculos, con muchas interrogantes, con muchas dudas, con muchos miedos, con un sinfín de interrogantes y sin con muy pocas, si es que ninguna, respuestas.

Los relatos, que yo, humildemente los aprecie más como las vidas de alguien de nosotros mismos o con quienes hemos convivido, aunque con diferentes nombres pero con el sentimiento de esa vivencia real y que nos regala la ilusión de la esperanza del futuro y que al mismo tiempo nos ubica, aunque no lo deseemos en la reflexión del aquí y ahora de cada día, pero siempre con la ilusión, con la valentía, con la esperanza, con el temor, con la inquietud de nuestro propio ser, con el muy humano compromiso del porvenir.

El prologar un texto con tanta riqueza en lo literario y en lo humano, tan idealista, pero a su vez tan crudo y real como la vida misma, es un enorme compromiso, que he tratado de abordar de la mejor manera posible, porque comparto con el autor ideales y formas de soñar de ese futuro que deseamos para nuestras descendencias y es algo que me honra y que me permite resaltar esa complicidad, basada en la amistad con la cual Juan José me ha distinguido. Los sueños, los ideales y aquello que se desea buscar y lograr para ese futuro incierto, porque no lo podemos realmente concretar en nuestros sueños, es uno de los mejores mensajes que Juan José nos otorga en estas líneas, al fin de cuentas es como esperar que la luz roja del semáforo se ponga en verde para tratar de conectar nuestra mirada idealista de ese futuro que nos agradaría vivir y compartir con la persona que mediante unas gafas oscuras trata de no mostrar el verdadero yo, y que es como la vida misma, una interrogante de esa mirada al futuro que no conocemos pero que a través de nuestros pensamientos deseamos vivir, y otorgarle a esa vida una clandestinidad, que bajo nuestra propias leyes es muy válida, muy real, porque es nuestra, creada y construida por nosotros mismos y que si es transparente, límpida y sin ninguna limitante, es porque nosotros así la deseamos, así la construimos, así la pensaron, así nos las cedieron quienes en el pasado nos forjaron y a quienes ahora ni podemos reprocharles, pero si demostrarles que la vida de cada quien es clandestina en cuanto no le rinde cuentas a nadie, solo a la conciencia misma de nuestro ser.

Ricardo Gustavo Velázquez Sánchez.

Responsable de Cooperación pare el Comité Internacional de la Cruz Roja y ex director de Cruz Roja Mexicana

Índice

CAPÍTULO 1

DESEOS

"Ninguno dijo nada. Se mantuvieron en silencio los primeros tres minutos. Aunque en el primer minuto ella se resistió, a partir del segundo minuto no pudo evitar corresponder con la misma sinceridad. La conexión fue evidente cuando incluso sus piernas se aproximaron de manera natural."

Julián caminaba a paso moderado sobre la acera. La jornada de trabajo había terminado. Nadie lo esperaba en casa y él tampoco tenía prisa por llegar. Dio cada paso como quien trata de disfrutar el sol cayendo y el firmamento creando esas hermosas combinaciones pastel entre morados, y azules y naranja que creaban ligeros trazos violeta los cuales capturaban su vista y le hacían suspirar. El sonido del tráfico de las seis parecía minimizarse con ese otro sonido de algunos pájaros sobrevolando entre las copas de los oscurecidos arboles afectados por el smog contaminante del cruce en la burbujeante avenida.

Llegó al cruce peatonal de Moliere y Ejército Nacional ahí cerca de Plaza Antara y el semáforo indicaba paso para los autos, pausa para los caminantes. Aunque no hubiera querido hacerlo, Julián miró que, del otro lado del cruce, destacaba ella entre el grupo de peatones que también esperaban a pasar la calle. Frente a frente, separados por diez metros de distancia, sus cuerpos se alineaban en una invisible línea recta solo distinguible para Julián.

Era sencillamente hermosa. Ligeramente más alta que el promedio de esta ciudad con su metro y sesenta. Finamente delgada. Rostro ovalado y bien cuidado, de entrada, bien maquillado. Ni muy exótico, ni muy descuidado. Su larga cabellera negra brillaba descansando sobre su hombro izquierdo. Esa mujer invertía el tiempo suficiente en un buen shampoo y en una secadora todas las mañanas. Al menos, lo había hecho esa mañana. Sus lentes oscuros no dejaban ver sus pupilas, pero Julián suponía un hermoso acertijo en ello. ¿Café? ¿Negros? ¿Azules?

El foco cambió a verde detonando el paso de todos. Julián avanzó tratando de disimular que simplemente estaba queriendo cruzar la calle como el resto. Sus pupilas, sin embargo, volteaban nerviosas hacia esa hermosa mujer. Casi parecía una escena en cámara lenta. La gracia con que avanzaba y sus brazos creaban un curioso "clac, clac" de las pulseras en sus muñecas. La distancia era cada vez menor. Trató de no hacerlo, pero pensó que tampoco era tan inevitable: Sus bien torneadas piernas marcando el paso por debajo de esa falda negra satinada que encajaba perfecta con la blusa blanca y el chalequín negro también satinado con pequeños encajes dorados. Desde la punta de los botines negros hasta frenar en la cintura, la mirada de Julián iba tocando cada milímetro de esa piel mientras solo pensaba en una rima. No solo se trataba de un toque vulgar, instintivo, pansexual.

El toque de Julián era poético, armónico, humano. La distancia era ahora mucho menor. Apenas dos metros. La tuvo frente a sí y como si se tratara de una extraña coincidencia, ella retiró sus lentes ahumados de su rostro. Miel, color miel. La inercia de los pasos hizo que ella pasara su mirada sobre él. Julián sintió como un campo invisible de poder que lo inmovilizó por unos cuantos segundos. Probable que algunas neuronas hubieran muerto porque incluso su respiración cesó en ese leve instante. Sus delgados labios brillaron y Julián pensó en tener el valor de decirle algo. Saludarla al menos. Pedirle la hora. Fingir que no sabía cómo llegar a cierta dirección. Algo. Simplemente pensar en algo para abordarla.

El tiempo se detuvo. Todos quedaron inmóviles y Julián quedó completamente ante ella quien, aunque congelada, respiraba aún mientras el viento alcanzaba a despeinar su flequillo.

-Yo….eh….oye….quiero decir…. ¿tú…?...-

El sonido de un claxon apresurando el paso de los transeúntes volvió el movimiento a toda la escena. La chica miró de reojo a Julián con ese disimulado y no gesto de frustración y estar acostumbrada a causar ese tipo de impactos en los hombres. Julián solo pudo alcanzar a oler el perfume que su figura dejó y todavía se atrevió a girar la cabeza para volver a verla aún si por última vez.

La nuca de la chica era el último recuerdo visible de su cabeza. De más, bajó su mirada hacia la hermosa cintura que, con compás y cierto candor, cortaba las curvas de la delicada falda dejando entrever la perfecta curvatura exacta de sus glúteos juveniles. Siguió la mirada lentamente hacia abajo cruzando por sus pantorrillas hasta caer finalmente a sus tacones. Como en otras ocasiones, sus pasos alejándose sería lo último que vería de ella en efecto. Regresó la mirada de nuevo al frente y chocó con la figura adusta de aquel anciano que lo miró enojado y extrañado.

-Disculpe. Disculpe señor-

El anciano siguió su camino vociferando mientras Julián llegó finalmente al otro lado de la calle. Suspiró. Se reprochaba no haber tenido el valor de decirle algo. ¿Y si se lo hubiera dicho? ¿Ella habría correspondido o igualmente hubiera devuelto una mueca de indiferencia? Y al mismo tiempo evocaba de nuevo cada detalle de la visión angelical que esta chica le había producido.

Se detuvo ahí un momento esperando algo. Exactamente no sabía qué, pero alguna cosa. Pudo ver que del otro lado de la calle esta chica extendía los brazos hacia alguien que parecía encontrarse con ella. Ahí estaba. Un tipo sin un arreglo correspondiente y equivalente a la calidad de cuidado e imagen que ella, extendió también sus brazos. Lleno de barba, camisa a cuadros, tenis Converse desabrochados y peinado incompleto. Complexión poco menos que delgado. Ella lo besó tan pronto lo tuvo cerca. No había duda. Eran novios. Al menos, él tenía la suerte de ser su novio y lo confirmaba llevando sus manos un poco más debajo de la cintura de ella tocando discretamente con sus dedos parte de la cintura y de los glúteos de ella quien sonreía cómplice, emocionada, feliz. El beso terminó y se separaron diciendo algo ansioso. Se tomaron de la mano y caminaron juntos hacia alguna otra parte.

Julián suspiró frunciendo el ceño. Se tomó la corbata con cierta rabia mientras se decía así mismo lo inútil que era afeitarse todas las mañanas, planchar con dedicación sus camisas con almidón y procurar verse lo que la gente suele llamarse "presentable". Desajustó el nudo con cierta molestia hasta que de un par de tirones retiró la tela de su cuello. Miró sus zapatos bien lustrados y recordó los sucios Converse de aquel hípster bonachón que estaría de nuevo besando a esa delicada mujer. Suspiró de nuevo y siguió su camino rumbo a casa.

Melina, el nombre que le había parecido suficientemente sensual y discreto a la vez cuando le dieron a elegir para proteger su identidad, esperaba sentada en aquel viejo sillón de imitación de piel mientras hojeaba por cuarta vez aquella revista de chismes de farándula e indiscreción llamados falsamente diarios de espectáculos. Carmen respondía una llamada más. Posiblemente la número cien del día.

-Si corazón. Mira, el servicio consta de una hora de relaciones ilimitadas. Besos y caricias como novios. Todo es con protección por seguridad tuya y de las niñas. Una vez que estés instalado me llamas y te mando a la chica que hayas seleccionado. ¿Quién deseas que te acompañe? -

Melina oía de reojo la charla con una mezcla de temor y de ansiedad. Por un lado, un nuevo cliente representaba un nuevo ingreso. Un par de billetes más y, sobre todo, la creciente oportunidad de concretar esos treinta mil pesos para iniciar su propio negocio de comidas junto a su madre y hermanas. Las recordaba y una parte de ella se ruborizaba.

Había estado mintiendo durante el último año y medio diciendo que estaba trabajando en una agencia de modelos y edecanes para una conocida cadena de supermercados. Solo así había podido justificar sus extendidos horarios y el trabajar incluso en fines de semana. Interrumpió su pensamiento atenta de escuchar que Carmen dijera el nombre de la chica elegida.

- ¿Melina?...¿Melina o Miriam?.....-

Su corazón latió apresuradamente. Ese era el otro sentimiento que le invadía. Ser "elegida".

-Melina…muy bien corazón. Yo le digo. Dale unos treinta minutos y ella llega. Sí, hasta luego-

Carmen terminó la llamada y miró sonriendo a Melina. Era la forma de decir "te toca". Melina correspondió la sonrisa.

- ¿Por dónde? -

-En el Palmeras. Ahí sobre Reforma. Donde la otra vez fue Pamela. Una hora-

- ¡Ah, sí! Ya sé dónde es. Está cerca-

-Dice que vayas de colegiala. Pero discreta-

-Sí, está bien-

Melina tomó su bolso metiendo aquel uniforme de colegiala que había adquirido saliendo de la glorieta del metro Insurgentes. Fue de hecho, el primer disfraz que tuvo que usar cuando comenzó en este negocio. Jamás pensó que a los hombres les gustara tanto ver a una mujer vestida como estudiante, pero, en fin, así era ahora y le tocaba estar en ese rol.

Salió a la avenida, caminó hacia el sitio en aquella esquina. El taxista ya la conocía. Don Genaro era un hombre de 54 años sin necesidad de trabajar, pero renuente a pasársela acostado viendo televisión o sin hacer nada. Decidió de cuenta propia unirse a ese sitio de taxistas. Detestaba estar ocioso.

-Hola Milenita. Buenas tardes linda. Súbele. ¿A dónde te voy a llevar? -

-Gracias. Aquí a Palmeras-

-Con todo gusto- e inició la marcha.

Melina vestía un pantalón de mezclilla algo desgastado. Una blusa blanca y tenis negros. Solo la cubría un suéter negro de manga larga. Miraba por la ventana viendo el paso agitado de los otros autos. El caminar zombi de las enormes filas de gente de un lado a otro. Veía a alguna niña, alguna adolescente sonreír, brincas, jugar y en su rostro se dibujaba una media sonrisa. Una parte de ella anhelaba no haber tenido que crecer. Al menos no haber tenido que llegar a tomar ciertas decisiones.

-Aquí está bien Don Genaro. ¿Podría pasar por mí en una hora? -

-Sí, claro. Cualquier cosa écheme un grito al celular. Andaré por aquí cerca señorita-

Melina sonrió agradecida de la protección de aquel anciano.

-Gracias. Le marco en una hora-

Siguió la rutina. Le confirmaron la entrada y tocó a la puerta. Poco más de un año y seguía sintiendo la misma sensación de nervios cada que llamaba a la puerta de un nuevo cliente. Tomó aire un par de veces y se preparó para poner su mejor sonrisa.

-Pasa- dijo el hombre sin saludarla y mirando de reojo de un lado hacia otro.

-Gracias- dijo ella tratando de ser optimista ante ese trato que era normal, casi común.

- ¿Trajiste la ropita que pedí? -

-Si corazón- respondió ella tratando de ser lo más amable que pudo.

- ¡Estás bien buena mamacita! ¿Eres nueva? No te había visto antes- sonrió con malicia mientras vulgar se llevaba la mano hacia la bragueta

-Sí, tengo poco- respondió ella dándose la vuelta caminando al baño tratando de ocultar su repulsión. Era obvio que se trataba de otro de esos hombres que de hombres solo tienen el pene porque hombres en la extensión de la palabra dejaron de serlo hace mucho tiempo en su corazón.

- ¿No me vas a dar ni un besito? - le dijo interrumpiendo su paso hacia el baño tomándola del brazo.

Hizo un esfuerzo enorme como le había enseñado Carmen para no mostrar enojo o rechazo pues eso le restaba puntos. El asco que le dio sentir su piel sobre su brazo solo pudo contenerlo cuando pensó de inmediato en su familia, en que un día ya no estaría en eso.

-Claro que si- y le dio un beso rápido con un estilo juguetón sin darle mucha oportunidad de hacer más contacto. - ¿No quieres que me ponga el vestidito? Vas a ver qué bien me veo-

El tipo extendió su mano hacia sus glúteos y le dio una nalgada mientras sonreía.

- ¡Ya tengo ganas de comerte todita! - concluyó su saludo instintivo

Melina terminó de ponerse el disfraz. Tomó aire un par de veces más y salió a la cama. Tan pronto la vio salir, la tomó de los brazos y comenzó a darle órdenes mientras comenzaba a usar su cuerpo como si se tratase de un martillo, un taladro, una engrapadora más.

-Ponte así….

-Ahora así….

-Muévete así…

-Hazle así…

- ¡Estás bien buena! -

- ¡Hija de la….!-

- ¡Toma puta!, ¡toma! -

Lo que ella sintiera o quisiera, era lo de menos. Pese a tanto esfuerzo de él, ella no había podido siquiera alcanzar un poco de placer.

Se mentalizaba pensando en el último cliente amable que tuvo una vez meses atrás. Ese si tenía un físico bien cuidado. Incluso algo de pectoral y abdomen. Aquel si usaba loción de marca y aunque sin decir tanto, le había provocado un par de orgasmos que ella atesoró en su memoria profesional. Usaba esa imagen cuando le tocaban tipos como el de hoy. Él le pidió terminar al más puro estilo de las películas porno gringas. Ella sonriente rechazó.

-No corazón. Es por seguridad de los dos-

Algo inconforme, pero en su vientre terminó. Ella se levantó de la cama lo más aprisa que pudo. Quería lavar a brevedad el calor de ese cuerpo tan extraño, tan ajeno y, sobre todo, tan poco humano.

Recibió el par de billetes y se despidió con una bien fingida y calculada sonrisa que dejaba a sus conocidos siempre con ganas de volver a verla.

-La pasé muy bien papito. Espero vuelvas a verme-

- ¡Claro que si mamacita! ¿Te gustó verdad? Se ve que eres bien ponedora-

-Byeeee! - y cerró la puerta tras de sí eliminando en un segundo la sonrisa de su rostro. Se puso sus lentes oscuros y salió cruzando por recepción.

Una vez fuera del hotel, vino de nuevo a ella una genuina sonrisa. Era libre. Al menos de nuevo libre de estar y ser ella misma. Sacó el celular y marcó.

-Ok Don Genaro. Lo espero en la esquina donde está el Oxxo-

Abordó la unidad. Don Genaro discreto nunca preguntaba nada. Era obvio que sabía lo que Melina y las otras chicas hacían cada que iban al sitio. Con un instinto paterno, Don Genaro siempre daba una mirada de reojo para ver si las chicas no llevaban golpes o iban llorando. Melina lo sabía.

-De regreso por favor Don Genaro. Todo bien. No se preocupe. Gracias por…estar atento-

Llegaron al punto de la intersección. Ese crucero de cuatro semáforos entre Moliere y Ejército Nacional que siempre causaba vueltas lentas a los autos.

-Esta gente que camina como tortugas…- refunfuñó Don Genaro mientras la chica del conjunto blanco y negro y Julián hubieran podido tener un gran encuentro pero que terminó cuando Julián reaccionó al sonido del claxon.

Melina no puso mucha atención al comentario de Genaro. Vio por la ventana a todas esas personas cruzar sus pasos como un ejército de hormigas. Sin conocerse. Sin mirarse, sin ponerse atención.

Alcanzó a ver a una pareja de novios tomados de la mano abrazarse y besarse. Melina se preguntó si un día podría conocer a un hombre que la amara igual. Se preguntaba si alguien podría aceptarla con ese presente que un día sería su gran pasado. Suspiró en silencio. Sonrió y luego volvió a suspirar.

Julián llegó a casa finalmente. Lanzó el saco y el portafolio al sillón. Puso llave a la puerta. Se fue a lavar las manos y encendió la computadora en lo que volvía a pasar al baño.

Un viernes más. Esta vez no había planes. Ninguna invitación a cumpleaños o a bodas. El fin de semana de nuevo entero para él mismo. La verdad es que era algo que Julián disfrutaba en verdad. Se quedaba haciendo música o salía al cine. Otras veces salía a ese canta bar que tanto le gustaba. La verdad, era muy agradable pasar los fines de semana sin ninguna compañía más que él mismo.

Abrió la página para revisar su muro de Facebook. Se rio con algunos memes graciosos y daba clic en "me gusta" de algunas fotografías o paisajes hermosos que veía en los muros de sus amigos. Un vídeo sobre los beneficios de la ortopedia llamó su atención. Hacía días que un dolor de la espalda le generaba punzadas leves que no lo dejaban dormir bien. Miró de nuevo el anuncio ese de "ortopedia moderna" y abrió otra pestaña en su navegador. Por la prisa, escribió sin querer la palabra "escort" y le dio enter. El buscador arrojó cerca de 150,000,000 resultados.

- ¡Ah, sí seré menso! - se reprochó a si mismo viendo lo que la pantalla daba en resultados.

Iba a borrar y escribir de nuevo, pero de pronto su mirada se clavó en el texto de unos de los enlaces

"Jóvenes y delicadas. Conoce a Melina, Pamela, Sonia, Wuanda y más. Discreción total. Placer garantizado. Seguro y confiable"

Nervioso y dubitativo, paseó el dedo índice sobre el mouse pensando si debía o no dar clic. Quería desde luego, pero por una formación moral recibida, pensó también si acaso debía.

Finalmente dio clic y la ventana mostró nuevas imágenes. El acuerdo de licencia y la advertencia de contenidos para mayores de edad. Confirmó que en efecto era mayor de 18 años y dio "continuar".

Era una página sencilla. No vulgar. No plagada de anuncios o banners intimidantes. Fondo negro, letras rojas. Un link que decía "conoce a las chicas".

Aunque su mirada se paseó entre las más de diez chicas disponibles, recordó quizá en orden de mención a Melina. Entonces buscó en la galería la foto de Melina.

Una foto sencilla. Ella de frente y con una chamarra de cuero sin sostén. Un antifaz cubriendo su identidad. Vio la descripción de su perfil y se aseguró que era en efecto, mayor de edad. Lucía muy joven, quizás la más joven entre todas las demás.

Pese a vivir solo. Volteó de un lado a otro mientras sacó su celular del portafolio y comenzó a marcar.

-Hola. Buenas noches. ¿Estoy llamando al servicio de sexysensual.net? -

-Si corazón. Buenas noches. Dime-

-Me… ¿me podrían dar más informes? -

-Claro mi vida. El servicio consta de una hora de relaciones ilimitadas. Besos y caricias como novios. Todo es con protección por seguridad tuya y de las niñas. Una vez que estés instalado me llamas y te mando a la chica que hayas seleccionado. ¿Quién deseas que te acompañe? -

-Eh…pues… ¿Melina? -

- ¿Te gustó Melina? Bien, sin problema-

-Espera. Pero ¿puede ser mañana? -

- ¿Mañana? Sí, sin problema. Trabajamos los sábados también-

-Es que, pienso que como ya es noche pues…ella a lo mejor ya está cansada…es decir, bueno, ya es tarde… ¿si me explico? -

-Claro mi vida. No te preocupes. Estamos hasta las dos de la mañana en viernes-

-No, no. Mejor que descanse. La veo mañana como a eso de las…diez. ¿Está bien? -

-Sí, ¿en dónde sería? -

-Pues…sobre la glorieta de la Diana hay un lugar que he visto. No he puesto atención de cómo se llama-

-El emperador. Nos queda de maravilla. Entonces le digo que mañana a las diez ahí. ¿Está bien? -

-Si, por favor-

- ¿Alguna fantasía? -

- ¿Perdón? -

-Que si quieres que lleve lencería o vestida de algo…-

-Mmmm…pues…no. Realmente no. Que vaya…como es ella. Como ella se sienta bien-

-Muy bien corazón. Besito. Buenas noches-

Terminó la llamada con un temblor en el cuerpo que no sabía explicar.

- ¡No manches Julián! ¿Qué acabas de hacer? ¿Y si no es la chica de la foto? ¿Y si son algún tipo de fraude? -

Caminó hasta su closet. En un portafolio de piel oculto en la pared solía guardar sus ahorros. Contó el dinero. No habría problema por tener la cantidad requerida. Había ahorrado durante un año entero para esa cena especial con Estela de Recepción, pero finalmente ella lo dejó plantado sin siquiera llamarle antes o después, aunque sea para prevenirle que se mojara con el inmenso chubasco de esa noche. Sencillamente no llegó. Apenada quizás, no le volvió a hablar jamás. No al menos más allá de lo indispensable. "Buenos días", "hasta mañana", "¿me ayudas con la impresora?". Nada más.

Nunca entendió porque luego de 3 meses de un creciente cortejo y lo que pintaba como una linda amistad, Estela hubiera decidido de golpe y de una manera tan atroz cercenarle toda esperanza incluso de amistad.

Reconocía que no era el tipo galán de película, pero trataba de verse bien. Cuidaba su alimentación. Aunque no era deportista ni devoto del fitness, pero en casa solía hacer abdominales, lagartijas y mancuernas todos los días. No era el gran record, pero hacía hasta diez series de diez de cada ejercicio.

Solía ser educado y nunca gustaba de hacer chistes machistas o despectivos hacia las mujeres. Algunos de sus compañeros de la oficina incluso solían decir que era "maricón" por alejarse de las charlas cuando ellos comenzaban a fantasear sexualmente de sus compañeras de oficina. No era que a Julián no le gustaran las mujeres. Le encantaban. Desde niño solo había sentido admiración por el sexo opuesto. Era que sencillamente no le gustaba ver a la mujer como un objeto. Detestaba la concepción de un hombre teniendo sexo con una mujer como una gran mano. Julián creía que una mujer era un ser, una persona, una estrella tocando el universo.

Antes de Estela, Lucía había dado por terminada la relación hace dos años atrás. Sus últimas palabras fueron "mira, esto ya no está funcionando" y le confesó luego que hacía un par de semanas que había comenzado a salir con alguien más a la par de con él. "Se dio solo. Sin buscarlo. No mereces que te hagan algo así" y decidió dejarlo. Julián tardó poco más de medio año en reponerse.

Esta tarde al regresar a casa y darse cuenta que no había superado aun el temor de acercarse a una mujer se sintió impulsado a intentar obtener un poco de cariño, un poco de afecto en brazos de una mujer extraña. Cierto, no era lo de más alta estima. No era lo que un psicólogo pudiera considerar "sano" pero Julián estaba esa tarde bastante sensible y cansado de no poder despertar en alguien más un deseo de proximidad.

Se cambió la ropa y se puso su pijama. No quiso pensar en nada más esa noche que lo que sucedería al día siguiente.

El despertador sonó a las 08:30 a.m. Julián se extrañó un poco de porque estaba sonando la alarma en sábado hasta que recordó su cita. Casi de un salto, salió de la cama. Se metió a bañar e hizo algo que nunca había hecho antes: Disfrutarse a sí mismo al vestirse. Se cortó las uñas de pies y manos. Rasuró sus axilas e inclusive su vello púbico. Se rasuró hasta asegurar que su piel era tan suave como la de un bebé. Pensó en usar la misma ropa del día anterior, pero se tomó el tiempo de planchar ropa limpia. No era día de oficina, pero decidió tomar una corbata consigo. Llevó consigo su frasco de loción. Quería lucir impecable. Salió de casa y compró en la farmacia cercana un par de condones. Se sentía como cuando era un adolescente.

Finalmente abordó el camión que lo acercaría al hotel Emperador. Al bajar, tenía un temblor en todo el cuerpo. Era una sensación extraña. Se sentía como si fuera a participar en algún concurso muy grande o especial.

Tomó aire y caminó hacia la recepción del hotel. Pensaba qué iba a decir. No había estado solo en un hotel nunca. Llegó ante la ventanilla y endureciendo la voz un poco más de lo habitual saludó a la sencilla encargada que le ofreció los precios de habitación mientras entregaba la llave y un control remoto.

-Habitación 119- dijo la encargada sonriendo amable

-Más al rato vendrá mi…novia. ¿Podría dejarla pasar? - preguntó algo nervioso

-Sí, claro…- respondió la encargada quitando la sonrisa de sus labios. Era evidente que estaba frente a un "cliente" pero luego se limitó a encoger los hombros disimuladamente confirmando el número de habitación.

Julián abrió el cuarto y el olor a alfombra nueva y limpia le sorprendió. Los detalles de la habitación eran muy modernos y casuales. Uno podía sentirse en la sala de aquel amigo con casa en Polanco o Santa Fe muy fácilmente. Sacó su teléfono y marcó de nuevo al número de la agencia.

-Hola. Buenos días. Ya estoy aquí en el cuarto 119-

-Hola corazón. Si, ya está casi llegando. Yo le aviso. Diviértanse- y Carmen colgó un tanto sorprendida de la caballerosidad del puntual cliente mañanero.

Se ajustó la corbata y roció la loción en su camisa y la altura de su cuello. El viejo ritual aquel que decía

"Por si me besa, por si me abraza y por si se le pasa"

Miró su reloj y faltaban diez minutos. Encendió la televisión y comenzó a cambiar entre canales. Desde el programa infantil matutino hasta las aburridas sesiones de tele venta que ofrecen productos milagrosos. Casi al final de la ruleta de canales, topó con los canales porno que habilitan en la mayoría de hoteles. La escena mostraba a una pareja de posibles alemanes teniendo un sexo aumentado entre jadeos, sudor y posiciones mil. Se entretuvo con las imágenes unos instantes, pero cuando entró en escena un segundo varón y entre los dos comenzaron a violar a la chica, algo dentro de él se apagó. Nunca le había gustado ese tipo de pornografía. Inocente o no, creía que una relación sexual era un acto de intimidad, no de poder. Cambió de canal y dejó mejor aquella vieja cinta de Silvester Stallone presentando la historia de un boxeador peleando a muerte por la patria y el orgullo contra un imponente soviético de cabello rubio. Caminó al baño y decidió lavar su boca. En eso estaba cuando alguien llamó a la puerta. Escupió de golpe la pasta y la saliva acumulada y alcanzó a pronunciar un ligero "ahí voy" mientras secaba su boca.

Respiró un par de veces detrás de la puerta antes de asomarse por la mirilla y trató de calmar su nerviosismo y de nuevo ese temblor que le tomaba las piernas. Abrió la puerta. Melina estaba en efecto ahí. Julián se quedó de nuevo helado. La fotografía digital subida en esa galería de Internet no le hacía justicia alguna a la real belleza de ese rostro juvenil que ahora tenía en frente. Melina se sorprendió cuando vio a Julián de corbata y portando ese saco negro, camisa blanca y pantalón de mezclilla rematando con unos lustrados zapatos negros que casi brillaban. Trató de controlar su asombro y sonrió ahora si en verdad, con los ojos y no solo la boca.

-Hola. ¿Puedo pasar? -

-Sí, claro. Disculpa. Es que…eres muy bonita…- respondió Julián dándole acceso a la habitación-

-Gracias- y sus mejillas en verdad se sonrojaron de manera natural.

Ella misma pareció darse cuenta del rubor en su rostro y acomodó nerviosa el fleco de su cabello desviando la mirada a la televisión. Rocky Balboa estaba aplicando un par de ganchos y rectos a su oponente que ahora tenía la ceja abierta en medio de una línea de sangre que añadía drama y pasión a la patriótica pelea.

- ¿Te gusta Rocky? Es como un clásico ¿no? -

-Si. Bueno, prendí la tele en cualquier canal. Había muchas cosas, pero no sé, Rocky me pareció lo más entretenido. La verdad hace años que no veía esta película. ¿Cómo estás? -

-Bien, gracias. Estoy muy bien. ¿Cómo estás tú? Te gusta levantarte temprano según veo-

-Si. Será que todos los días me levanto desde las seis de la mañana pues, me cuesta trabajo ya pararme tarde. Es como que naturalmente me despierto temprano, aunque pueda no hacerlo-

-Eso está muy bien. Dicen que al que madruga, alguien le ayuda-

Melina se sorprendió a sí misma haciendo charla con un poco de humor. Quizás se sentía agradecida de que Julián no era el típico cliente mal vestido y encarado que la recibía con una sonrisa maliciosa barriéndola de arriba abajo queriendo tocarla de inmediato. En los ya casi dos años que llevaba atendiendo hombres, era la primera ocasión que uno de sus clientes la recibía vestido de manera formal. Ella no pudo olvidar que Carmen le había dicho la noche antes que este cliente no había pedido ninguna ropa especial o provocativa. Desde que le dijeron que este cliente solo pedía que ella fuera como mejor se sintiera, incluso se sintió con la libertad de combinar perfectamente una blusa blanca satinada con un pantalón de mezclilla azul ligeramente despintado y su chamarra de cuero (la misma de la foto en Internet) y un par de zapatillas negras de terciopelo. Una cola de caballo sencilla pero bien acomodada y la cantidad de maquillaje exacta. El labial rojo, pero de un tono natural. Nada extremo ni chillante. No pudo evitar verlo de reojo viendo que habían coincidido en los colores de sus prendas aún sin proponérselo. Él también lo había notado, pero tampoco dijo nada. Estaba demasiado nervioso tratando de no verla a los ojos y no contemplar la naturalidad de sus labios sencillos.

Julián tomó algo de iniciativa mientras apagó el televisor.

-Voy a apagar la tele. La verdad es que en estos momentos no quiero concentrarme en nada que no seas tú-

Melina tomó aire en silencio. Era un discreto, pero inspirador piropo que nadie jamás le había dicho.

-Me bañé antes de venir. No quería que me vieras desarreglado. No sabía cómo vendrías vestida, pero yo quería hacer este un momento muy especial. Me dio algo de risa ver que combinamos la ropa. Si nos hubiéramos puesto de acuerdo, quizás no lo hubiéramos logrado- sonrió terminando su primera presentación mientras Melina le correspondió la sonrisa y la mirada.

-Si, ¿eh? No había dicho nada, pero a mí también me dio risa-

Julián se acercó a ella y de manera natural la tomó de las manos como un colegial a su novia.

-Admito que estoy algo nervioso. No lo voy a negar. Quiero que sepas que eres realmente una mujer muy guapa. Vi unas fotos tuyas en la página, pero en persona eres el doble de hermosa y eso me parece aún mejor…-

Melina sintió un calor en el vientre que salió en forma de una sonrisa y un arqueo nervioso mientras mantenía el contacto con las manos de Julián que amablemente no la soltaba.

- ¡Ay, gracias! Me ruborizas-

-No. Lo digo en serio. Tenía algo de miedo que llegara otra persona diferente o que…no sé, fueras diferente, pero me dejaste sin aliento en verdad. Gracias por haber venido-

Melina lo miró a los ojos tratando de no romper el protocolo que Carmen y sus compañeras le habían compartido.

- "No hagas preguntas personales. No dejes que te hagan preguntas personales"-

- “A todo dile que sí. Dales por su lado”-

- “Diles palabras bonitas como <cariño>, <corazón>, <mi vida>. Hazlos sentir especiales”-

- “Cero besos profundos”-

Y quizás la más seria de todas:

- “No te enganches con ellos. No te enamores. No te claves con ninguno”-

Nerviosa, evadió el comentario y trató de ponerse un poco más ruda.

- ¿Te molesto con lo de tu servicio…? - y aunque quiso decirle “corazón”, ese hombre le provocó un respeto tal que sentía que no podía etiquetarlo como a los demás así que cortó la frase hasta ahí.

-Sí, claro. Disculpa- respondió él entendiendo que estaba intimando tal vez demasiado

Extendió el par de billetes y se sentó a la orilla de la cama. Siendo honestos, no sabía qué vendría después. No es que Julián no hubiera tenido relaciones sexuales antes. Perdió su virginidad de hecho a los dieciocho años en la preparatoria. Sus relaciones más cercanas fueron con Estela y fueron muy diferentes. En casa de ella de hecho. Un día que él la fue a dejar luego de ir al cine resultó que los papás de ella no estaban. Tampoco estaba su molesto hermano mayor que siempre le hacía caras y hacía “chistes” de amenaza de golpiza si algo le pasaba a su hermana.

Estela le pidió entrara para mostrarle algo que tenía en su cuarto. Julián entró con reserva y una vez en el cuarto de ella, supo que no había nada que mostrar sino su enorme deseo sexual. Estela se le fue encima y comenzó a besarlo mientras le desabotonaba el pantalón. Él todavía un poco más nervioso y tenso por el posible regreso de sus futuros suegros ponía algo de trabas.

- ¡Van a tardar! ¡Ya, ándale! - decía ella más que besándolo, estrujándolo con sus labios

Una vez que el pantalón cedió, ella se bajó los suyos propios junto con la pantaleta y puso su trasero sobre el pene nervioso de Julián que estaba arrinconado prácticamente contra la pared. Ella terminó de colocar sus cuerpos juntos y el resto vino solo. Aquello duró cerca de cinco minutos.

- ¡Me voy! Estela…me……-

- ¡Shhhhh! Creo que ya llegaron…- interrumpió Estela

Julián no pudo ir contra la naturaleza y apenas comenzaba a sentir ese bello ardor en el glande, ella violentamente se separó de él al escuchar ruidos en la planta baja. El dolor y el placer se combinaron. El pene de Julián fue retirado bruscamente en una extraña curva y al mismo tiempo, el semen salió mojando el glúteo derecho de ella mientras otro resto caía sobre sus pantaletas.

- ¡No inventes! ¡Ya me ensuciaste la ropa! -

Julián se sintió tan torpe y avergonzado a la vez. Tratando de contener la erección, subió apresurado sus pantalones mientras Estela le hacía señas de que se fuera corriendo al baño con la mayor discreción posible y así lo hizo.

Ella se quedó sentada a la orilla de la cama tratando de contener su agitada respiración.

- ¿Estela? ¿Hija? ¿Ya llegaste? - preguntaba su mamá al subir por las escaleras

- ¡Si Ma'! ¡Aquí estoy! En mi cuarto…-

Dentro del baño, Julián respiraba y se limpiaba con papel los restos de sus líquidos seminales mentalizándose para detener la erección. Tomó un buen tramo de papel para secar el sudor de su frente y pecho.

-Venimos del cine, pero Julián necesitaba pasar al baño. Solo estoy esperando que salga-

- ¿Por qué no pasaron al de abajo? -

-Es que…aproveché para devolverle un suéter que había dejado la otra vez y en eso le anduvo del baño-

-Ok. Bueno, iré a preparar la cena. Tu papá ya está abajo por si quieres saludarlo-

La señora Pérez caminó hacia la puerta del baño y saludó a la distancia.

- ¡Hola Julián! -

- ¡Mamá! - reprochó Estela asomando la cabeza desde su habitación-

- ¿Qué? Solo estoy saludando-

- ¡Hola señora! Ya pronto salgo-

-Toma tu tiempo hijo-

¿Sería esto diferente? ¿Qué se supone que se hace con una chica de servicio en un hotel?

- ¿Qué quieres que haga? Vete quitando tu ropita por favor- Melina interrumpió sus pensamientos mientras comenzaba a desabotonarse la blusa.

-No. Espera. No te desvistas por favor-

- ¿No? - cuestionó ella con cierto asombro, pero sabía que el cliente tenía cierto mando.

- ¿Cómo estás? Ven, siéntate-

-Bien. Estoy bien. ¿Tú estás bien? -

-Si. Es que…bueno, yo…no sé. No quiero simplemente irme encima de ti como un animal. Hace tiempo que no estaba tan cerca de una chica tan linda como tú. Lo digo en serio. Mírate. Eres realmente hermosa. Realmente me sorprendiste al verte en la puerta. Tienes un cuerpo bellísimo, pero por el momento solo quisiera verte. Ver tus ojos, tu sonrisa-

- ¡Oh, wow! Pues…gracias. Tú…tú también luces muy…bien. Te queda muy bien. Luces…elegante y formal. No esperaba que vinieras así. Es…padre-

-Qué bueno que te gustó. No sé. No podía dar menos si iba a estar con una mujer tan guapa como tú-

- ¿No tienes novia? - y se mordió inconscientemente el labio sabiendo que era una pregunta prohibida

-No. No tengo. En serio. Terminamos. Bueno, realmente me terminó. Me engañó con otro. No quisiera hablar del tema-

-Sí, disculpa. Bueno, pregunté porque pues…tienes muy buen estilo y sería raro que alguien no se hubiera fijado en ti- encogió los hombros sorprendiéndose a sí misma de nuevo en honestidad.

-Pues… ¿qué te puedo decir? Pero bueno, no venimos a sufrir hoy. ¿cierto? -

-No. Definitivamente no- respondió con absoluta sinceridad Melina

Julián se puso en pie y ella lo siguió. No sabía exactamente qué hacer y la miró de nuevo.

-Por favor, si algo de lo que yo haga no te gusta, por favor dime. ¿Está bien? Me gustaría que tú también pases un buen tiempo. Yo no quiero simplemente…pues…hacer y ya…. ¿si me explico? -

-Descuida y, gracias. De mi lado también te digo lo mismo. ¿Quieres que te haga oral primero? -

Julián se ruborizó.

-No. No creas que soy gay, pero, aunque no dudo que sería padrísimo pues…mejor…- e interrumpió sus palabras las cuales cambió por un abrazo. Así tal cual. Pleno, sincero, cálido. Al inicio acartonado, pero poco a poco natural en cada célula que sus brazos cubrían la espalda de Melina.

Ninguno dijo nada. Se mantuvieron en silencio los primeros tres minutos. Aunque en el primer minuto ella se resistió, a partir del segundo minuto no pudo evitar corresponder con la misma sinceridad. La conexión fue evidente cuando incluso sus piernas se aproximaron de manera natural.

Melina luchó contra sí misma, pero era ahora algo más que Julián abrazándola. Era incluso más que un cliente más abrazándola. La vida misma parecía estarle dando un abrazo. Un tiempo de descanso. Una pausa en su acelerada vida. La mente se le puso en blanco, pero no en un éxtasis absurdo. En verdad por primera vez en mucho tiempo sentía paz. Se sentía amada y aceptada por algo más que no fuera su cuerpo en sí mismo. Aunque solía decir que tenía veinticinco para ahorrarse problemas legales, a sus veintidós años Melina hacía mucho que no había disfrutado de un abrazo como ese. Un abrazo que ni su mejor amiga Sonia podía haberle dado. Un abrazo del que no se sentía digna ahora de su madre. Un abrazo que le hizo incluso liberar alguna memoria oculta de su infancia y de los breves recuerdos que tenía de su padre antes de morir cuando ella tenía catorce y el mundo comenzó a desmoronarse lentamente a su paso en los próximos dos años. Recordó en un instante tantas cosas sucediendo y el momento en que ese chico Esteban le había roto el corazón y ella descubría por primera vez que los hombres pueden hacer muchas cosas (como mentir o agredir) por el cuerpo de una mujer. Ella se había sentido tan mal de haber entregado su cuerpo a un individuo que en realidad no lo merecía y en quien ella había depositado una confianza casi paternal tratando de llenar el hueco que la muerte de su padre había dejado en ella.

Conocería luego a los dieciocho a Carmen en una fiesta. Aunque la conocía de varias fiestas y de algunos años atrás, esa fiesta cambió muchas cosas. Le llamó la atención que esa chica siempre traía buena ropa y parecía diferente a otras chicas. Había un halo de madurez en ella que Melina notaba desde lejos. Fue en una fiesta de quince años cuando Melina y Carmen comenzaron a charlar. Carmen tenía en ese instante veintidós años y ambas habían conocido por un extraño destino a Esteban. Melina le tuvo la confianza de decirle que aún lo extrañaba. Carmen se rio sin más.

- ¡En verdad que luego si somos bien pendejas! ¿Qué necesidad tienes de andar rogándole a un tipo que hace mucho ya se fajó a otras dos de menos? -

Melina apretó la mandíbula. Carmen reparó su violento comentario. Aunque había querido molestarse contra Esteban, en realidad había sido ruda con la menos culpable.

-Mira, lo siento. Lo que quiero decir es que debes sacar de tu vida a ese tipo. ¡Mírate! Eres una chava muy guapa. ¿Cuántos años tienes? -

-Acabo de cumplir los dieciocho en agosto-

-En verdad eres muy linda. No te desesperes y verás que serán ellos luego los que anden detrás de ti llorando por una oportunidad. Ahorita solo te ves detrás de uno, pero créeme, en poco tiempo será al revés. Me canso que sí. A un buen hombre no se le ruega cuando ya te botó.

Mucho menos a un desgraciado. Al primero lo puedes perdonar. Pero al segundo no le debes dar ni el saludo-

En ese momento llegó Romina y algo pasada de copas abordó a Carmen ignorando a Melina

- ¿Qué pasó "menchita"? ¿Si vamos a armar ese negocio? Ya me urge el dinero y mis papás ya no me van a poder apoyar con lo de su retiro-

- ¡Cállate mensa! Luego hablamos…-

- ¿Qué? ¡Ay! Pues de una vez debieras decirle a tu amiguita que si le entra. Tiene buen "cabúz" …-

-No le hagas caso- dijo Carmen tratando de poner discreción en la charla

-Bueno, ahí me avisas manita- y se alejó dejando un silencio entre Carmen y Melina. Finalmente, luego de dar varios sorbos innecesarios cada una a su vaso, Melina rompió el silencio.

- ¿Tú das trabajo? -

- ¡Pinche vieja! - dijo Carmen refiriéndose a Romina lamentando su indiscreción. –Pues digamos que en eso ando amiga. No es nada seguro aún, pero en esas andamos-

- ¿De qué es el trabajo? Yo no fui aceptada en el examen de admisión a la Universidad y pues, estaba pensando meterme a trabajar con una tía en su despacho. Si tú sabes de un trabajo mejor pues…-

- ¿Cuánto te van a pagar ahí? -

-Creo que de entrada mil quinientos…-

- ¿A la semana? - interrumpió Carmen

- ¡Claro que no! Al mes. Es mi primer trabajo-

- ¡No pinches mames! Mil quinientos pesos al mes. ¡Qué bueno que es tu tía! -

Melina no supo responder a eso. Nerviosa dio otro sorbo a su vaso.

-Ahora que ya no andas con ese idiota, ¿tienes novio? ¿Piensas tenerlo? -

-Pues…no sé. Ahorita no quisiera andar con nadie. Quiero despejarme. ¿Por qué? -

Carmen bebió de un solo golpe lo que quedaba de su tequila y movió discretamente a Melina a un lugar con menos gente en la fiesta.

- ¿Me acompañas a fumar acá afuera? -

Llegaron a las afueras del salón y encendiendo un cigarro meditó sus palabras.

- ¿Fumas? - mientras le extendía la cajetilla

-No, gracias. No me gusta-

-Y haces bien. Pinche vicio de la fregada. No lo puedo dejar ahora- Hizo una pausa terminando la última bocanada. –Mira nena. Te voy a decir las cosas como son. Ya tienes dieciocho y pues, ya comienzas a saber lo que quieres y lo que no. Eso sí, si al final de lo que escuches no entras pues está bien. Nadie te reclama. Lo que si no te voy a perdonar es que vayas andar con el chisme aquí y allá porque entonces si te parto tu madre y no me importa que seamos amiguitas. ¿Está bien? -

-Sí, claro. ¿Es algo de drogas? La verdad así no le entro. Mejor ya no me digas nada…-

-No. Tranquila. Cero drogas. Se trata de prestarte para que alguien la pase bien y a cambio tú recibas unos buenos billetes…-

Hizo una pausa expulsando otra gran bocanada de humor viendo la reacción de la joven

- ¿Prostitución? Es eso, ¿verdad? -

Carmen se encogió de hombros asintiendo.

-Yo lo llamo también "servicios profesionales de acompañamiento". Mira, no le voy a dar vueltas. En efecto, se trata de coger. Pero aquí te pagan y te cuidamos por ello. No queremos meternos a una agencia o caer en manos de un padrote. Mucho menos como andan las cosas, caer en un tugurio de mala muerte siendo golpeadas o explotadas por enfermos. Es un proyecto que se me ocurrió junto con esta chava y luego pues, vimos que había otras que querrían entrarle. Una de ellas pone la casa y bueno, nos cuidaríamos entre nosotras. Repartimos una parte del cobro de cada quien en un fondo común y el resto es libre para ti-

- ¿Y cómo le hacen para que…la gente, bueno, la familia no…? -

-Mira mi amor, es un riesgo. Todas vamos a mentir diciendo que…no sé. Somos una agencia de modelos o edecanes o un negocio de comida. No sé. Algo que justifique porque pasamos tiempo lejos. Hemos buscado un lugar lejano de nuestras zonas comunes para evitar quemones con vecinos y eso, pero ya sabes, el mundo es muy pequeño y no te sorprenda que un cliente llegue a ser uno de tus vecinos alguna vez. Es un riesgo y no voy a mentir. Si en tu casa alguien se entera, tú deberás alejar la bronca de cualquier responsabilidad del grupo. Es decir, no somos un grupo de trata ni mucho menos. Cada quien entra por su propia voluntad. Aquí nadie le pega a nadie. Nadie te obliga a hacer cosas que no quieras. A todas nos gusta el dinero y aunque no es el trabajo mejor reconocido o más reconocido de la industria pues, es el que creemos que satisface nuestra necesidad económica. Tú decides cuánto tiempo te quedas y hasta dónde quieres llegar-

Melina se quedó pensativa unos instantes. A la muerte de su padre, su mamá se las había visto muy difíciles para poder apoyarles a sus hermanos y a ella. Pedro el mayor, era un joven irresponsable que vivía de fiesta en fiesta llegando a casa solo a dormir. Isela se había embarazado y terminó viviendo en casa de sus suegros, pero solía estar más tiempo en casa de su madre que con su esposo y sus consumos seguían siendo constantes. Roque, pese a ser menor que Pedro, resultó más dedicado y estudiaba secundaria en la mañana y trabajaba de ayudante en una panadería por las noches. Su mamá hacía esfuerzos enormes vendiendo tamales y lavando ropa los fines de semana. Ella, Melina, era la de en medio con mayor responsabilidad. Sus sueños de estudios parecían haberse frustrado con el examen de admisión a estudios universitarios. Una parte de ella comenzó a pensar más cada vez como adulto.

-Pues…sí. Le entro-

- ¿Cuántos años dices que tienes? -

-Cumplí los dieciocho en agosto-

- ¿Ya tienes credencial para votar? -

-Sí, la fui a sacar casi luego, luego-

Carmen la miró de nuevo en silencio mientras fumaba.

- ¿Cuántas veces has tenido relaciones? ¿Solo tuviste con Esteban? -

-Si…solo con él. Fueron…no sé. Unas tres o cuatro veces-

-Nosotras vamos a comenzar ya la otra semana. Pero mira, cumple los diecinueve y neta que te recibo con gusto-

-Pero…-

-Mira, mira. A ver… ¿Crees que no sé qué por tu edad y belleza nos convienes? Nos van a caer un buen de gente pidiéndote. No te ofendas, pero, apenas entraste al mundo de los adultos. No quiero que te jodas la vida así tan de golpe. Date chance de disfrutar tu paso de niña a mujer. Piénsalo bien. Haz de nueva cuenta el examen. Viaja, sal. Chambea con tu tía un año entero y bueno, saca provecho de esa lana que, aunque parece poca, es un buen comienzo de experiencia. Eres mucha pieza para verte siempre trabajando en esto mujer. Esto debe ser algo temporal. ¿Me entiendes? Si te metes ahorita, el dinero te va a dar comezón y puede que hasta conozcas a la fiera que hay dentro de ti. Si no lo controlas, te puedes ir de pura boca. Y no te voy a mentir: Pueden pegarte algo. ¿Me entiendes? Como te dije, es un riesgo. Bien pagado pero un riesgo al final. No seas como esas otras pendejas que se meten a esto sin pensarlo y solo viendo los billetes y la ropa que van a irse a comprar. Piensa que esto puede cambiar tu forma de vivir, de pensar, de formar una familia más adelante si quieres hacerlo. A mí, ¿qué chingados lo que pase con tu vida? pero, me caes bien. Sé que desde lo de tu papá pues…no te ha sido fácil. Como sea, piénsalo bien y un año me parece perfecto. Si nos va mal, yo misma te avisaré. Si no, cuando llegues, yo te doy viada. ¿Te late? -

Melina asintió agradecida de que Carmen no era una madrota. Era una mujer tomando decisiones.

-Bueno, ya. Vámonos para adentro. Hay mucho chupe por terminar aún-

La vida tiene ciertos giros. Aunque hizo el examen por segunda vez, tampoco aprobó. El empleo con su tía la saturó en muchos sentidos. Le pagaban lo mismo, aunque cada vez hacía más cosas. El acoso de colegas se había intensificado desde que su cuerpo comenzó a cambiar una vez más. Incluso la relación con su tía se había minado por celos. Aunque hizo algunos ahorros, Melina ya no soportaba más la tensión. Nunca olvidó la propuesta de Carmen y la verdad es que Carmen nunca le llamó para decirle que el negocio había salido mal. Carmen nunca la presionó. Las veces que la llegó a ver, ni siquiera le mencionaba nada.

Melina decidió que ese diciembre era el último que trabajaba en el despacho. Comenzaría sus veinte años haciendo algo completamente diferente.

Buscó a Carmen tan pronto llegó el veinticinco de enero. La fecha que coincidía con el cumpleaños de su papá. Era una especie de superstición, un intento de señal de buena suerte.

- ¿Finalmente sí? -

-Sí, sí quiero- respondió Melina

Desde entonces comenzó su primer año y siguió. Este era su segundo año.

Ahora, en los brazos de Julián, muchas emociones se encontraron.

Solo su padre la había abrazado con esa sinceridad, con ese cuidado, con ese deseo puro de respetarla por quien era y no por lo que pudiera dar. En esos dos años había sido tocada por muchas manos, pero nunca tocada realmente por personas. No por muchos corazones. En algún momento llegó incluso a sentirse asqueada de sí misma, de esos hombres. Se asombró de que un día ella hubiera rogado el abrazo o el beso de Esteban, de un hombre y ahora comenzaba a sentir incluso pequeñas dosis de repulsión hacia ellos.

En ese abrazo, recordó la ocasión en que Carmen tuvo que ir a rescatarla pues un cliente norteamericano quiso obligarla a tener sexo anal y del tipo sado. El sujeto la amarró de la cama no sin golpearla antes amenazándola de muerte. Como olvidó comprar condones (pese a todo el tipo cuidaba no contagiarse de alguna ETS), la amagó y salió a la farmacia a comprar unos. Melina aprovechó ese momento para forcejear y lograr liberar su mano. Se estiró y estiró hasta que alcanzó su bolso de dónde sacó el celular y alcanzó a marcar al número de Carmen y solo gritar un "¡auxilio!" que Carmen tuvo por suficiente para salir corriendo junto con un par de amigos que ella conocía rumbo al hotel.

Justo cuando Carmen y los dos chicos llegaban al hotel y preguntaban por la habitación 115, el norteamericano volvía también. Tan pronto escuchó que preguntaban por la habitación, salió corriendo. Uno de los chicos se lanzó tras él. No pudo alcanzarlo. Carmen y el otro chico acompañados por el encargado del hotel llegaron a la habitación.

La abrieron y Carmen se lanzó a desatar a Melina de la cama. Una vez suelta, Melina se abrazó como a su propia madre a Carmen quien trataba de consolarla.

-Ya corazón. Ya estamos aquí…shhh, shhhh, shhhh. Todo está bien…-

Melina estuvo casi mes y medio sin trabajar. Saber que el dinero ahorrado y ese oficio le estaban dando una nueva oportunidad comercial a su mamá y a su familia, le animó a retomar el curso.

Ahora en los brazos de un hombre que se comportaba como tal, se sintió llena de una nueva alegría. No pensó en romance. Simplemente se sintió agradecida con la vida que, pese a su profesión, aún existían hombres que podían ver a las mujeres como eso: Como mujeres y no como vaginas parlantes.

Ambos suspiraron y fue ese suspiro precisamente que los sacó a ambos de sus reflexiones internas para regresarlos de nuevo al exterior donde sus cuerpos estaban juntos, próximos, también cercanos.

- ¿Qué quieres que haga? - preguntó Melina viéndolo a los ojos

-Solo quiero que seas feliz- respondió Julián

Un calor inundó el vientre de ella. La onda fue tal que descendió hasta su vagina. De manera casi involuntaria los labios de su sexo se contrajeron creando una primera marca de deseo.

-Solo déjame besarte. Déjame sentirte. Solo déjame…ser. Quisiera decirte muchas cosas, pero espero poder expresarlas mejor con mi piel cerca de la tuya. ¿Puedes recostarte por favor? -

Melina se recostó sobre la cama. Julián comenzó a besarla suavemente desde el cuello hasta el hombro. Primero de un lado, luego del otro. No calculó nada. Simplemente el deseo lo hizo actuar de manera espontánea. Él mismo se sorprendió de que pese a la enorme erección que ahora acompañaba a su cuerpo, no sintiera la urgencia de desvestirse o de verla a ella desnuda. Parece que la desnudez de las almas sucede primero que la de los cuerpos. Al menos así debiera de ser en ese caso.

Melina se esforzaba por no romper los protocolos. Cerraba los ojos queriendo no sentir, queriendo no pasar del plano físico al emocional. Carmen le había dicho que evitara los besos en la boca pues los besos en la boca no solo son un tipo de contacto de saliva que expone la salud, sino que, además, son una forma de contacto con el corazón. El número de terminaciones nerviosas en los labios recorre una franja amplia que, en efecto, llega hasta la zona cardiaca y se extiende hasta la zona genital. Un solo beso es capaz de activar la zona genital en menos instantes que el contacto con la mano debido a la cantidad de sangre que se bombea cuando se activan terminaciones en esas delicadas capas de piel.

Julián descendió los besos hacia los senos de Melina. Pese a estar ambos vestidos, la sensación de contacto era tan o quizás más excitante que haber estado desnudos. Melina ahogaba en silencio un creciente gemido. La tela de la blusa sobre sus pezones amplificaba la adrenalina al juntarse con la presión de la boca de Julián sobre su pecho quien la acariciaba también suave y delicadamente desde las manos hasta el vientre. Para cuando él llegó a la altura de su vagina, Melina era un horno en contención. Abrió los ojos tratando de confirmar que no estaba soñando. Miró de reojo a Julián quien con los ojos cerrados besaba lenta y exquisitamente la tela sobre los muslos de su pantalón. Como si hubiese sentido su mirada, Julián movió su vista hacia ella y sonrió.

- ¿Todo bien? -

- ¡Si! - traga saliva –Todo bien… ¿Y tú? -

-Excelente. Me encantó tu perfume-

Se puso de pie a un lado de la cama. Se quitó la corbata, la camisa y dejó ver su tronco desnudo. Ciertamente no era un cuerpo de gimnasio. No tenía un gran abdomen marcado por cincuenta series de veinte abdominales diarias, pero tampoco era el cuerpo de vientre bofo y sucio. Había una tonalidad blanca en su piel que sencillamente combinaba en perfección. Más por un deseo propio que por rutina, Melina se incorporó y le ayudó ahora a bajarse el pantalón. El pene erecto de Julián era indisimulable entre la tela. Para cuando finalmente estuvo desnudo, Julián no pudo evitar ruborizarse. Melina sintió algo de ternura al comprobar la aún existente inocencia de este hombre. Otros sencillamente se despojaban de sus ropas y se mostraban machos ante ella. Se supone que ellos esperaban alguna especie de reconocimiento, de adoración, de culto. Este joven en cambio, casi como un niño se mostraba tal cual y con toda la humanidad que salía de sí mismo.

Melina correspondió la señal y se desnudó por completo a un lado de él. Julián la miró en silencio. Más que mirarla, la contemplaba. Increíblemente, no la había tocado hasta que ella lo miró de nuevo confirmando que podía dar un paso más.

Ella tomó la iniciativa cuando miró los ojos nerviosos de él pensando aún si debía tocarla o no. Tomó la mano de Julián y la puso lentamente sobre su glúteo derecho mientras se acercaba a él despacio. El pene de él quedó a la altura de su vientre y ella no pudo evitar sentir un nuevo pulso entre sus piernas cuando la humedad de él mojó su piel. Otras ocasiones ella evitaba ese tipo de contacto directo, pero ahora, ahora era diferente porque estaba con alguien diferente. Ella seguía asombrada y agradecida porque este hombre no la jalaba, no la forzaba a nada. No la tomaba. Participaba con ella y se confirmó cuando él extendió sus dos manos sobre sus nalgas y las acarició en círculos para luego apretarlas con la fuerza necesaria para causarle un primer orgasmo que ella sujetó mordiéndose el labio inferior evitando que un gemido saliera. Julián no trató de tocar su ano, no trataba de introducir sus dedos en ella. Simplemente quería sentirla, llenarse táctilmente de la piel de ella.

Los senos de ella rozaban su pectoral y le causaban espasmos involuntarios en el pene. Comenzó a besar suavemente sus pezones erguidos. Su lengua mojó cada milímetro de sus pechos sin lastimarla, sin herirla, sin succionarla. Simplemente eran extensiones de besos, no formas de manoseo.

-Ponte el condón…- susurró ella

No era una orden, era una sensual invitación a ir a más. Julián no respondió machista negando o evitando. La miró en silencio asintiendo. Tomó del buró el condón y comenzó a ponerlo en su pene. Ella regularmente solía esperar a que ellos lo hicieran solos, pero con el pretexto de ayudarle, se ofreció a sujetarle el pene con ambas manos. Tuvo que ser honesta al reconocer que quería sentir la piel de ese hombre y abrazar por un instante la virilidad que salía de él.

Una vez que él tuvo el condón puesto, Melina tomó de nuevo la iniciativa. Puestos de pie, uno frente al otro, sujetó el pene de él y lo introdujo lentamente en su vagina. Nerviosos, ambos se acomodaban uno al otro en un silencio lleno de tantas palabras. No había prisas, no había presión, no había control de ninguno sobre el otro. Ambos estaban. Ambos eran. Sin saberlo ella, había roto la memoria incómoda de una penetración apresurada, triste y lamentable que la entrepierna de Julián llevaba marcada en la piel desde tiempo atrás. Julián supo corresponder con oro la confianza de compartir un cuerpo así. No se mecía desesperado ni ansioso. Al mismo tiempo, él había roto en ella las memorias previas que tipos machos habían dejado sobre su vulva simplemente satisfaciéndose a sí mismos reduciéndola a ella a menos que un último lugar.

Más que penetrarla con el pene, él estaba penetrando su corazón, su piel y a ella le fascinó eso. Ambos encajaron en un ritmo que los hizo abrazarse uno del otro en un silencio lleno de sudor y un aumento de temperatura en sus cuerpos que los excitaba aún más.

El choque de sus caderas y sus sexos creaba ese sonido hueco entre húmedo y ajustado.

- ¡Clip, clap, clap! -

-Si…sigue…sigue…sigue…-

-Melina…eres…genial…-

-Sigue…sigue…no te detengas…por favor…-

Julián por primera vez supo la belleza de sentir los labios ajustados de una vagina apretándose contra su pene. En un instante sintió que el glande le estallaba de placer, pero se contuvo. Quería más, sentir esa maravillosa sensación mucho más, minutos enteros más. Eso le dio la fuerza para que su mente controlara a su cuerpo. Y lo hizo bien. Ambos danzaron así poco más de diez minutos mientras el tiempo les parecía un segundo. Ninguno pensaba en otra persona. No tuvieron que recurrir a alejarse de sus cuerpos. No había necesidad. Fueron ellos. Estaban ellos. En momentos él tomaba la iniciativa moviéndola, cambiándola de postura. La forma de sujetarla era excitantemente amable, pero con la fuerza necesaria que la hacía sentir intensa. Esa cantidad exacta de dominio que el sexo a veces permite entre ambos sin que haya que llegar a la humillación, al sometimiento.

Los besos y las caricias, las penetraciones se extendieron por cuarenta minutos más. Todo fue natural. Se comunicaban al verse. Ciertamente las palabras sobraron. Sus cuerpos estallaron. Melina había acumulado ya más de cinco orgasmos cuando Julián le pidió dejarle poner su pene en la espalda.

Ella se puso boca abajo sobre la cama. Él se colocó detrás de ella y sus caderas chocaron con sus omóplatos. Su pene se apretaba sobre su espalda.

- ¿Me dejas quitarme el condón? -

-Si…adelante. Solo, ya sabes…no penetración-

La piel desnuda y franca de él mojó cada centímetro de la espalda llena de escalofríos de ella que no podía evitar arquearse de pronto ya sin querer disimularlo.

- ¡Melina! - y su voz se convertía en gemidos y sus gemidos en grandes respiraciones ahogadas que trataban de decir algo y al mismo tiempo no decían nada.

Al paso de unos minutos, Julián sintió que la cabeza le daba vueltas

- ¿Puedo…? -

-Si…no te preocupes…-

La sangre se fue de golpe al glande y el frenillo ya no pudo contener la avalancha de terminaciones nerviosas reventando en la piel. Los muslos se le tensaron y eyaculó sobre ella.

Pese a tanta cosa extraña y ajena que le habían pedido siempre, ella nunca había experimentado esto y la reacción en cadena fue total. Estaba más que húmeda y literalmente chorreaba de los labios vaginales. Sus líquidos mojaban sus entrepiernas y el dedo índice con que también se estaba estimulando mientras él estaba arriba de ella. El calor del semen cayendo sobre su espalda le hizo sentir una cadena de orgasmos que le hicieron arder y contenerse para no gritar.

- ¡Ay, no te pases! - gimió

Julián se asustó un poco pensando que la había lastimado u ofendido

- ¿Qué pasó? ¿Estás bien? ¿No te gustó? -

-No, no, no…perdóname…todo bien…es que…fue…me sentí muy bien…discúlpame…-

-Ok. Pensé que te habías molestado. Espera, voy por papel. Déjame limpiarte…-

-No te preocupes. Yo me limpio-

-Insisto. Yo hice esto, yo lo arreglo-

-Está bien- y sonrió

Gentilmente limpió la espalda y luego, en un gesto de caballerosidad y erotismo puro, besó justo la zona ahora limpia. Ella giró y él se acostó a un lado de ella.

- ¿Todo bien? - preguntó ella sorprendida de que él no se alejara o le diera a entender que ya era todo.

-Sí, demasiado diría yo- y peinó el fleco de sus cabellos con sus dedos terminando en una caricia sobre sus mejillas. –Eres muy hermosa. En verdad lo eres-

¿Quién rayos es este tipo? ¿De dónde salió? ¿Cómo es posible que no tenga novia? ¿Cómo es que esa chica lo había dejado por otro?

¿Sería un controlador obsesivo? A lo mejor detrás de esa amable sonrisa y excelente tacto sexual había un celo típico maltratador. Pero en sus ojos no se veía eso.

¿Sería el clásico mimoso empalagoso que llora por todo y se pasa de sensible? A veces ese tipo de hombre demasiado conectado con su lado femenino termina cayendo mal. A lo mejor él era así con ella. Pero la firmeza de sus manos sobre su cuerpo le hacían pensar que no.

¿Sería gay? No. Espera. Ni de chiste. Su cuerpo y su búsqueda de ella rompieron el pensamiento.

¿Estaría mintiendo sobre su novia? ¿Sería casado? Pero sus manos no solo no tenían un anillo sino, además, no había rastro ni marca de un metal sobre su piel. Evidentemente soltero o de menos divorciado por más de un año.

¿Y si fuera divorciado? No era extraño que en todo ese tiempo hubiera conocido a varios individuos divorciados que en un arrebato de soledad (o necesidad de compañía) buscaran el servicio de una escort. Los divorciados en particular entraban en una categoría particular.

Los casados infieles eran de lo peor porque traicionaban abiertamente los votos y la confianza de una mujer que seguramente había dedicado su tiempo, alma, cuerpo y esfuerzo a la creación de una familia, de un proyecto entero. Ellos decían no tener tiempo para sus familias, para sus hijos, para sus esposas, pero movían cielo y tierra para agendar una cita con ella. A sus esposas les negaban ropa o vacaciones alegando finanzas pesadas, pero a chicas como ella les confiaban sin reparo hasta tres horas de servicio con más de tres mil pesos de inversión más aparte el pago de la habitación de un hotel que de menos cobraba quinientos pesos. Esos hombres casados eran tan falsos que ya ni recordaban retirarse el anillo en ocasiones. Melina había tenido que desviar la mirada para no ver que las manos encima de su cuerpo mostraban una argolla dorada y opaca. Tan opaca como la confianza y el cariño que esos hombres ofrecían a sus esposas y familias. Sus cuerpos eran de los menos apreciables. La mayoría regordetes. Sin abdomen claro. Cuerpos descuidados. Tan acostumbrados al descuido corporal que muchos se presentaban ante ella sin rasurarse las zonas púbicas. Las axilas que podrían ser segundas barbas y en el peor de los casos con mal olor. Uñas sin cortar y hasta con pie de atleta que muchas veces había que soportar en auténticos retos de concentración mental. Su mala condición física los hacía rendir muy poco en lo sexual. La escort promedio no espera dos horas al estilo película porno, pero al menos lo suficientemente respetable para entrar en ritmo y quizás alcanzar su propio orgasmo.

Pero estos señores pocas veces logran hacer feliz a una mujer sexualmente hablando. Es imposible no cuestionar porque sus esposas lleguen a sentirse también frustradas como mujeres que son. La tentación de pedirles que hagan algo de ejercicio, que consuman menos carne y más verduras y sobre todo que inviertan más tiempo en su aseo está latente. Desde luego, esas palabras nunca salían de la boca de Melina. Aunque las dijera, serían mal recibidas, sino que ignoradas. No sentía compasión, pero entendía un poco más la enorme presión de esos hombres que son llevados hasta el límite de la resistencia y la productividad abandonando a sus propias familias y vidas personales con tal de alcanzar las cuotas de ventas, el top de exportaciones, la promoción a Directores. Hombres talentosos y fuertes metidos como hámster en jaulas dando vueltas en una rueda invisible que les hacía sentir con poder.

Había además algo extraño en los casados:. Solían mostrarse muy morales ante los demás, pero solían ser de hecho los más agresivos sexualmente. Solían pedir mujeres más jóvenes que ellos e incluso, algunos tenían preferencia por edecanes que rozaran el tipo prepuberta. Es lo que los expertos llaman efebofilia. Es decir, la atracción sexual por quien ya no es un niño, pero tampoco es formalmente un adulto. Eso le llamaba mucho la atención pues solían ser celosos progenitores de sus hijas, pero abiertos seductores de niñas-adolescentes-mujer a las que gustaban de ver en uniformes de escuela con las que se comportaban de maneras realmente infantiles y hasta perversas en ocasiones.

En una ocasión Melina recordaba haber atendido a un casado que iba tan ebrio que no pudo sostener la erección más de diez minutos. El hombre le ofreció una disculpa y le dijo que con toda confianza tomara el dinero de su cartera y se retirara en libertad. Aunque ella no quiso hacerlo y le extendió la cartera a él, aquel sujeto mandó que le hiciera caso. Melina no tuvo opción y abrió la cartera para sacar los billetes en presencia del ebrio varón de mirada difusa. La foto de él junto a su esposa y dos varoncitos de diez y doce años le pareció tierna. La esposa era digna de reconocer. Joven, de silueta cuidada (incluso de mejores proporciones que ella), hermosamente peinada y en vestido rojo impecable con una sonrisa de oreja a oreja. ¿Qué hace a un hombre buscar el cuerpo de otra mujer que no sea el de su esposa? Seguramente la frigidez de algunas, la repulsión de otras al sexo anal o al sexo oral. El saber que ya eran "suyas", que ya las habían "conquistado". En otros casos era el mal carácter que no podía competir ni aún con el mejor y más sensual cuerpo. Podían ser muchas cosas.

Siempre decían estar en juntas, reuniones, con el jefe o con sus amigos. Con ella eran amables, detallistas y con sus esposas eran ásperos, insultantes y groseros. Uno le regaló en una ocasión una esclava de oro. Nunca supo si era de su esposa o regalo exclusivo. No quería saberlo y mejor la vendió y le compró unos zapatos nuevos a su mamá.

Estaba ese otro grupo de hombres que alguna vez estuvieron casados, pero por iniciativa de ellos o de sus ex parejas, ahora tenían que destinar parte de sus ingresos a una manutención para sus hijos, la renta de departamentos donde vivir, el mantenimiento de un auto y, además, comidas diarias en restaurantes porque pocos gustan de prepararse comida por sí mismos. Algunos no lo hacen por machismo, porque no saben ni hervir agua sin ayuda de una mujer. Otros porque aun sabiéndolo hacer sienten una nostalgia que les duele, pero no lo admiten.

Ellos la frecuentaban menos pues tenían que tener más cuidado de sus gastos. Algunos la buscaban mensualmente o incluso bimestralmente. Si alguno se había enamorado o "Enculado" como decía Carmen, hacían esfuerzos realmente interesantes generando encuentros hasta de tres o cuatro veces por mes. Hacían pausas de uno o dos meses y luego regresaban a las citas.

La mayoría de los divorciados tenían hijos, pero solían esconder su realidad por temor a ser rechazados por las edecanes. El estigma social es grande para hombres y mujeres que deciden romper un matrimonio. Conoció a una escort llamada Janet que había preferido andar con un hombre casado que con un hombre divorciado. Decía que el dinero y el tiempo de los hombres casados era más fácil de controlar que los de un divorciado. El casado no valora a veces tanto a sus hijos como el divorciado porque el casado tiene una "nana" que se los cuida. Sabe que los tiene ahí cuando los busque. El divorciado en cambio regularmente cede la custodia, el alojamiento y hasta la patria potestad a la esposa. Literalmente, empieza desde cero en muchos sentidos. Por ello pocas veces renuncian a sus hijos y al tiempo, al cariño que puedan darles o recibir de ellos. Un casado siempre dará prioridad a la casa, un divorciado siempre dará prioridad a sus hijos. Andar con un casado es un estado humillante y cómodo para ella pues vive engañada con la esperanza de un día casarse con él. En verdad cree que él le pedirá el divorcio a su esposa y sus hijos van a comprender la situación. Andar con un divorciado (pero de los realmente divorciados, con papel y acta en mano) es enfrentar un compromiso más serio. El divorciado sabe más específicamente lo que quiere: Quiera una buena compañera para él y quiere una buena compañera para sus hijos si está pensando en reconstruir su vida. Al casado pueden chantajearlo con decirle a la esposa, a la familia. Al divorciado no puedes causarle ese temor. Es curioso que los casados tengan a veces menos respeto de sus hijos hablando incluso de ellos que los divorciados que no hablarán de ellos al menos hasta que exista suficiente confianza y sobre todo si detectan que la escort no ha dado señales de rechazo pese a la confesión.

Los divorciados se enfrentan a un problema muchas veces al enamorarse de una escort. La mayoría de las edecanes tiene de menos un hijo. Es el hijo de un desgraciado que les ha roto el corazón en la mayoría de las veces. El instinto materno las hace buscar a un "candidato" principalmente soltero, joven, de buen ingreso y profesión. Es curiosa la fantasía que Melina había oído de otras de las chicas que estaban en eso junto con ella. Sabían que ellas eran una especie de familia inconclusa, pero querían iniciar una nueva con una figura masculina inmaculada. Decían que un hombre casado o divorciado tiene ciertos "vicios" que afectan en ocasiones una nueva relación. Melina no opinaba, pero pensaba dentro de sí sobre la alta exigencia de pedir un hombre puro, sabiendo el contexto de cada una de ellas. Si alguna chica de ellas se enamoraba de un cliente, solía hacerlo en preferencia de un hombre sin hijos pues esperaban que la atención, el tiempo y el dinero no se alejaran de sus propios hijos. Algo injusto en cierta manera. Todos tenemos un pasado y no podemos entrar a ninguna relación, por nueva que sea, sin nuestros pasados. No es posible porque gracias a ellos construimos el presente que nos acerca hacia el futuro que deseamos. Los divorciados procuraban un poco más su apariencia. A diferencia de los casados, ellos son nuevamente candidatos a una relación. Siguen siendo vendedores de su imagen si esperan que una chica se fije en ellos y saben que no pueden darse el lujo de descuidarse. No al menos tanto, no al menos demasiado. Eso sí, suelen ser muy buenos amantes en la cama. Cuentan con una experiencia previa que reduce cualquier timidez de soltero. En efecto, no le dan vueltas al asunto en temas de sexo. Se conocen bastante bien y conocen bastante bien a una mujer. Desde luego, siempre hay excepciones. Algunos se conducen tan mal que es fácil suponer porque sus esposas terminaron engañándolos con otros o renunciando a ciertas deficiencias sexuales. Algunos incluso se presentan con un enorme desconocimiento de cómo seducir a una mujer. Creen que el sexo se reduce a penetrar. No saben besar, no saben acariciar, no conocen sus propios cuerpos. Existe un grupo pequeño de divorciados que acuden más que por sexo por compañía. Claro que aprovechan la oportunidad sexual, pero es innegable el hecho de que su sed principal es sentirse aceptados, valorados, reconocidos, honrados aún por una mujer. Algunos incluso solo van a platicar. Te acarician, te dan besitos, pero no llegan al coito. Obtienen placer al charlar. Solo quieren ser escuchados e inclusive (raro en un hombre) escuchar.

También estaban los solitarios tímidos y antisociales. Eran peligrosos porque solían ser hombres con muchos problemas de baja autoestima que se veía casi perpetuada desde su niñez. Muchos habían sido rechazados por su apariencia. Sea por tener frenos, sea por sus orejas, sea por sus pecas, sea por sus lentes con más aumento, sea por su estatura, sea por su lentitud al hablar. Muchos de ellos habían crecido en hogares donde sus madres habían sido altamente estrictas o rudas con ellos. Literalmente los habían castrado sin saberlo. Dominantes, gritonas y en casos extremos, ajenas, indiferentes, habían sido responsables de crear hombres inseguros hacia las mujeres. Verían la mayor parte de sus vidas a las mujeres como objetos, como personas de las cuales vengarse aun a un nivel inconsciente o el otro lado: Personas a las cuales aferrarse de una manera enferma, obsesiva, controladora. Todo lo que sabían de sexo y mujeres lo habían aprendido de otros chicos igual de extraviados que ellos. Internet era la principal escuela de sexo y morbo que aprendieran. Y ahí, estribaba su peligrosidad. Solían aprender muchas cosas en la oscuridad de sus habitaciones desordenadas llenas de comics, programas de computadora en el anonimato de las redes sociales. Ese tipo de solteros frecuentaba sitios de porno de todo tipo. Regularmente comenzaban viendo soft porn (desnudos, erotismo) para ir pasando por el hardcore (sexo explícito, sexo en grupo) hasta llegar a los grupos de extreme core (fetish, bondage, sumisión, zoofilia, etc). Debido a la enorme carencia emocional que sus madres y padres no pudieron satisfacer, ellos creían que las mujeres no amaban o solo lo hacían desde la perspectiva de un orgasmo. Estos chicos en verdad creen que las mujeres solo quieren ser sometidas, golpeadas y tocadas como sea, en la forma que sea y por cada rincón de su cuerpo sin importar cuál sea. El momento máximo para ellos es su propio orgasmo. Eyacular. Y eyacular preferentemente en el rostro de una mujer. ¿En verdad creen que a las mujeres promedio les gusta sentir que son rociadas de semen en el rostro cuando del mismo pene sale orina todos los días? Algunos son tan nefastos que se masturban con las manos llenas de grasa de palomitas o de alguna otra fritura frente a sus computadoras. Es el tipo de cliente que llega queriendo darle nalgadas a una mujer, amarrarla con cuerdas o metiendo grosera e imprudentemente sus manos en la vagina creyendo que las chicas van a reventar en orgasmos automáticos solo por ello. Necesitan clases urgentes de biología para recordarles que, sin la debida humedad vaginal, introducir cualquier objeto en la vagina puede ser de hecho terriblemente doloroso y asquerosamente incómodo.

Estaba una segunda categoría de solteros con los cuales una escort podía aspirar a sexo sin miedo. Los solteros aislados. No están casados, no son divorciados. Varios tienen novia, pero la niegan sabiendo en sus conciencias que ya desde ahí, no están listos para aportar amor ni fidelidad a sus relaciones. Saben que son un fraude como parejas.

Algunos buscan sexo fuera porque sus novias se los niegan al interior. Y ellas hacen bien. ¿En qué momento se hizo requisito la relación sexual en los noviazgos como previo al matrimonio? La industria fabricante de condones han convencido a todo mundo de que las relaciones sexuales a tiempo o fuera de tiempo eran lo mejor y lo más seguro. Muchos de esos solteros aislados son experiencias físicamente agradables. Sus edades entre los dieciocho y los veinticinco. Su vanidad masculina los hace vestir bien, peinarse bien. Algunos incluso en verdad van al gimnasio. Sus cuerpos son objetos visualmente no despreciables. Otros no tienen novia y pese a ser de buen rostro y apariencia, se siente inseguros y rechazados. Una parte de sus egos llega machacada a la cama. Una escort puede ser, sin justificación, el pequeño empujón que les devuelva la confianza en ellos mismos incluso haciéndolos más agresivos y decididos al momento de volver a la conquista.

Si le daban a escoger entre casados, solteros freak, solteros aislados y divorciados, Melina solía preferir a los solteros aislados y los divorciados.

Pensando en divorciados, Melina recordó que justo un día como ese, pero un año atrás, había conocido a Daniel. Daniel era un varón casi de la misma edad que Julián, aunque Daniel sin duda le llevaba unos tres años más no solo en edad física pero además mental. Daniel era un hombre muy parecido a Julián pues sabía combinar perfectamente la amabilidad con la fuerza. Era de buena apariencia, buen físico, aunque no exactamente deportista. Tenía unos ojos redondos brillantes. Siempre se mostraba con muy buen humor. Solía incluso contarle chistes o anécdotas graciosas que ella disfrutaba. Fue el primer hombre con quien estuvo y que al terminar las relaciones siempre y sin excepción, le daba las gracias por compartir su cuerpo con él. Se vieron cerca de siete u ocho veces a lo largo de cuatro meses. Ella disfrutaba mucho cuando él pedía su presencia.

Tenía que disimular, pero el ojo le cambiaba cuando Carmen le decía que Daniel la había solicitado. Siempre y de cajón solicitaba el servicio de dos horas. Era muy relajante acudir a sus citas con él pues los primeros diez minutos gustaba de charlar con ella. Nada de presionarla para que se desvistiera o tuvieran sexo. Daniel en verdad charlaba con ella y no solo le aplicaba psicología. Melina se sentía con tanta confianza de charlar con él que comenzó a escuchar incluso algunos de sus consejos. Daniel solía decirle que le encantaba verla, pero le pedía que por favor no se viera a si misma trabajando siempre en esa actividad. La animaba a no dejar morir sus sueños. Le decía que era muy joven y que no se diera la oportunidad de rendirse a los problemas. Aunque al inicio solía referir vagamente que él había tenido también muchos "problemas", finalmente a la sexta cita decidió confesarle que era divorciado y que tenía de hecho, un hijo de siete años. A Melina le agradó mucho que siempre que hablaba de su hijo lo hacía con mucho orgullo. Además, cuando hablaba de su ex lo hacía también con respeto. Algunos casados hablaban de sus esposas como "la pinche vieja" o "esa" o "ella". Daniel se refería a su ex esposa siempre con honor como "la mamá de su hijo" o "la mami de su hijo".

Melina se sentía muy a gusto con él porque era saludable pese a todo. No fumaba, no bebía en exceso, cero tatuajes en la piel, siempre bien vestido y arreglado e incluso se ponía colonia y llegó a llevar velas aromáticas a la habitación. Solo con él podía hablar de más temas que no fueran sexo. En una ocasión incluso no tuvieron relaciones, sino que las dos horas estuvieron charlando. El tiempo se les fue volando. Guardó el secreto para sí misma pero la siguiente cita, no le cobró más que una cuarta parte de las dos horas. Daniel le recompensó con un ramo de rosas en la siguiente cita que ella no pudo aceptar por temor a tener problemas con Carmen. Fue en esa séptima cita que él le confesó estar enamorado de ella. Le pidió la oportunidad de tratarla más allá del hotel. Melina tuvo miedo de violar las políticas de Carmen y el grupo, pero en realidad, tuvo miedo de sí misma. Precisamente de oír de sus compañeras las "desventajas" de un divorciado, ella creyó mucho de eso. No le constaba, pero suponía que la experiencia de mujeres más grandes que ella era suficiente confianza. Al mismo tiempo tuvo temor y temió que ese cariño no fuera genuino sino una extensión de placer. La verdad es que tenía miedo de aceptar que no se sentía digna de ser amada en realidad. No así tan sinceramente luego de tantas citas con hombres que lo único que parecía que querían de una mujer eran sus nalgas y su vagina. Tuvo miedo de pensar qué pasaría si tuviera que lidiar con la ex esposa o cómo vería al hijo de Daniel. ¿Podría ser ella el mejor ejemplo de lo que es una madre? ¿Una mujer?

Daniel le pidió que fuera su novia y ella le cambió el tema. Caballeroso, Daniel insistió una vez más, pero Melina temblaba, aunque simulaba indiferencia. Daniel le expresó abiertamente estar dispuesto a recibirla sin mirar en el pasado. "Todos tenemos un pasado" le dijo. Pero ella creyó que con sus asuntos de tener que dar pensión no iba a ser suficiente para crear de nuevo una familia. Alguna vez Janet le inyectó en la cabeza que se buscara a uno de billete: Doctor, Ingeniero, Abogado. Que otras profesiones no eran "seguras" económicamente. Ahora se lamentaba de haber creído eso.

La última vez que estuvo con Daniel, vio en sus ojos que en realidad él se estaba despidiendo de ella y lo supo. Tuvieron un sexo tan apasionado como siempre, pero había algo en su forma de tocarla que le hacía sentir que estaba triste, muy triste. Sentía la tristeza de Daniel en cada toque de sus yemas. Ambos sonreían al despedirse, pero Melina notó un brillo particular en sus ojos. Obvio no estaban llorosos. Era algo más desde dentro. Su sonrisa era ahora pausada, le costaba mucho mantener los labios paralelos pues se desbarataban inconscientemente del lado derecho de su boca por breves instantes. Cuando la puerta se cerró detrás de ella, sintió que no volvería a verlo y temió. Incluso se sintió tentada a tocar de nuevo a la puerta y abrazarse de él. Pero el "no debes" y el enorme temor de estar creyendo una fantasía la hicieron tomar aire y caminar rápidamente hasta el elevador. Llegó a recepción queriendo no detener su paso o creía que el sentimiento la iba a dominar y sería casi capaz de volver a la habitación.

- ¡Ya! ¡Déjate de pendejadas! - se auto castigó negando todo sentimiento posible saliendo casi corriendo. Una vez fuera del hotel caminó temblando a lo largo de la cuadra. Llamó a Don Genaro y no fue sino hasta los quince minutos a bordo de regreso a donde Carmen, que los ojos se le llenaron de lágrimas.

- ¿Está bien señorita? - preguntó Genaro viendo por el retrovisor

-Sí, si gracias Don Genaro. Estoy bien. Demasiado bien. Ese es el problema. He comenzado a no estarlo que ahora que lo estoy, me siento extraña, rara, casi culpable. No me haga caso…-

Genaro le extendió unos pañuelos de la guantera

-Llore señorita. Llore. Sáquelo. Si se queda el sentimiento, le va a lastimar más. Haga de cuenta que yo no estoy aquí-

Melina lloró. Lloró como hacía meses que no lloraba. De pronto la muerte de su padre, las carencias de la familia, la traición de Esteban, el sentimiento de ver cada rostro y cada cuerpo sobre el suyo estalló. Supo que ella también se había enamorado y eso le daba miedo. Le dio mucho miedo volver a sentir algo más que no fuera placer, un orgasmo más. Ahora había sentido de nuevo eso que todos llamamos amor.

Una vez que se calmó, Don Genaro esperó en silencio y con marcha más lenta para darle tiempo a reponerse.

-Disculpe que me meta en lo que no me importa señorita. Sé que no le pasó nada malo porque lo puedo ver en sus ojos. Quiero que sepa que lo que sea que le haya pasado, ha sido una forma en que la vida le ha querido decir lo mucho muy importante y valiosa que es usted. Mírese. Es usted bien chula. Bien noble. Merece un buen hombre que la respete, pero, sobre todo, que la ame como seguramente le han hecho sentir ahora…-

Melina se encogió instintivamente al escuchar que la experiencia de vida de Don Genaro era irrefutable en ese arrebato de vaticinio.

-La vida da vueltas señorita. Muchas vueltas. Y usted vale muchas cosas buenas. Discúlpeme, ya no le diré nada más-

Unos meses después otro cliente le ofreció matrimonio. Melina aceptó unirse a él, aunque sin casarse legalmente porque ese hombre era Dentista. Tenía un consultorio y trabajaba en varios hospitales del Sur. El dinero parecía cosa asegurada conforme el consejo de Janet. Melina lamentaría su decisión basada en billetes y promesas de estabilidad. Resultó ser un hijo demasiado obediente a la voz de su madre quien le gobernaba en muchos sentidos. La señora nunca vio suficiente a Melina y no dudaba e mostrarle desprecio. Ese hombre terminó siendo frio, distante y poco detallista con ella al paso de sus primeros 5 meses de relación en que incluso abandonó el grupo y a Carmen quienes la despidieron con una sonrisa y una bendición. El cariño y el detalle fue muriendo ante la pasividad de su pareja y las intromisiones de su supuesta suegra. Supo que era momento de salir de ahí cuando un día en medio de una discusión él le gritó más que con la boca, con el corazón.

- ¡Eres una puta! No sé cómo me animé a andar contigo-

Carmen no le dijo nada ni tampoco le cuestionó nada cuando Melina le pidió otra oportunidad.

-Ya sabes que hay lugar para todas. Tú sabes lo que es tu vida. Bienvenida-

- ¿Y tú? - preguntó Julián rompiendo los pensamientos de Melina

- ¿Perdón? Disculpa, me distraje un poco-

-Descuida. Te decía que se me fue muy rápido el tiempo pero que me sentí muy pero muy bien contigo-

-Sí, de hecho, yo también. Bueno, tengo que irme-

- ¿Podrías darme tu cel personal? Me gustaría poder estar en contacto como amigos-

-No puedo. Es una medida de seguridad de todas las chicas. ¿Si me explico? -

-Sí, descuida. Bueno, nos vemos luego entonces-

Se levantó de la cama y caminó lentamente hacia la regadera mostrando a Julián su cuerpo desnudo una vez más. Julián se levantó y solo se puso la camisa cubriendo un poco su cuerpo. Una vez bañada, salió y de nuevo lucía juvenil y espectacular con su largo cabello negro brillante. Puso un poco de labial en su boca y tomó su bolso. Julián la acompañó hasta la puerta.

-Muchas gracias por venir. Eres una mujer espectacular. Espero volver a verte-

-Cuídate mucho- y se sorprendió a sí misma no terminando el script con la frase "cuando gustes" que siempre decía a sus clientes.

Una vez afuera de la habitación, una parte de Melina ya no volvió a salir con ella. Una parte de ella había muerto y al mismo tiempo, otra había nacido. Permaneció inmóvil unos instantes y suspiró llena de una nueva libertad. Avanzó hacia los elevadores sin prisa. Sin dolor. Si ella tenía un deseo era salir ya de ese círculo. No porque se sintiera una mala mujer sino porque reconoció que, aunque en su momento este medio le había dado la oportunidad económica y de experiencia, en efecto Daniel había tenido mucha razón al decirle que no podía darse la oportunidad de verse siempre ahí.

A diferencia de otras chicas, ella no era obligada por ningún poco hombre llamado padrote o tampoco rendía cuentas en una agencia o en una casa de masajes bajo las órdenes de una madrota. Tuvo que reconocer que gozaba de una libertad a la que muchas mujeres no podían aspirar.

Ella por su propia cuenta y bajo la única consigna del bienestar del grupo creado por Carmen, compartía su cuerpo a un precio que le garantizaba ingresos, pero sabía dentro de sí que ella tenía otro precio que ningún hombre podía alcanzar. Se vio a sí misma completamente valiosa y capaz por primera vez en mucho tiempo. Le gustaba el sexo.

No podía negarlo. Era imposible negar que ese móvil le había llevado a permanecer ahí también todos esos días. Sin embargo, quería en lo profundo de su corazón dejar de ser la mujer de muchos para ser la mujer de ella misma. Quería dejar de verse a sí mismo agradando a otros permitiéndose agradarse a sí misma. Pese la redundancia de las mismas palabras, deseaba dejar de ser deseada y deseaba desear en realidad. Pero, sobre todo, deseaba poder amar y ser amada. Primero por ella misma y luego por alguien más. Ya sin pensar si podía o no permitir ciertos contactos, sin pensar si tenía o no que permitir intimidad. Era como comer pensando si eso la pondría con kilos de más o si le haría mal en el estómago. Ella deseaba que el amor fuera algo más que reaccionar por culpa o por vergüenza o inclusive por necesidad. Melina deseaba ser libre de sí misma. De esa Melina que tuvo el amor de frente y lo había dejado ir gracias a los temores de otros, pero no de los suyos propios.

Pensó en Daniel. De vez en vez él todavía solía enviarle algún mensaje de texto a través del teléfono de Carmen saludándola y deseándole bendiciones. Melina había memorizado el número y respondido con un "Saludos. Igualmente" de manera automática siempre. Sacó el celular y se fijó una meta.

-Si contesta, entenderé que puedo anhelar a una oportunidad más. Pero aún si no, esperaré y seré paciente conmigo misma y con el tiempo. Esperaré el tiempo que tenga que esperar para ser sanada y restaurada por completo en mí ser. Hoy es viernes. Es un bonito día para terminar. Visitaré a Carmen mañana y le diré mi verdad. Empezaré a buscar nuevas vacantes. No será fácil. Me pagarán menos de lo que estoy acostumbrada pero no me rendiré. Dios mío, hace mucho que no te hablo. No lo he hecho por arrogancia, sino que me da pena presentarme ante ti así. Sé que no eres un mago ni genio de lámpara, pero por favor, si hay un deseo que quiero pedirte con todas las fuerzas de mi corazón es que me permitas dejar de ser "Melina" y sea por fin la Melina que quiero, que puedo ser. Lo deseo con todo mi corazón. Con o sin una pareja, no pienso renunciar. No me voy a rendir, no me voy a rendir nunca-

Acto seguido, envío el SMS con cierto nerviosismo.

-Hola. Ahora soy yo solo saludando. Espero estés muy bien-

Pasaron tal vez tres minutos y la vibración del teléfono le hizo casi saltar. Llena de nerviosismo miró la pantalla.

- ¡Hola, hola! ¿Cómo estás bonita? ¡Que gusto saber de ti! -

- ¿No estás ocupado? No quiero distraerte. Me acordé de ti y quise saludar. Nunca te di las gracias por todas tus palabras. No sabes cuánto me han servido-

-De nada. En verdad creo que eres una persona muy valiosa. ¿Podría invitarte un café algún día? Me gustaba mucho verte cuando podíamos estar juntos, pero me gustaría celebrar tu saludo al calor de un rico café. ¿Qué dices? -

-Suena bien. ¿Te parece en quince días? Tú me llamas y me dices dónde podríamos vernos-

- ¡Excelente! Muchas gracias. Te llamo en quince días. Un abrazo-

Melina sonrió y simplemente echó a correr por la calle cruzando el parque. No tenía una razón lógica. Quiso correr y sentir el viento como cuando era niña. Llegó hasta la fuente y sin importar lo que pudiera decir la gente se metió en ella.

Al inicio algunos la vieron con extrañeza, otros con miedo y unos más con desprecio, pero ella quería abrazar ese momento, esa libertad y no la iba a soltar tan fácil. Sentía un calor en el vientre que quería hacerla gritar y finalmente lo hizo con lágrimas en los ojos que se fusionaron con el agua de la fuente.

- ¡Te amo papá! ¡Soy feliz! ¡Soy muy feliz! Me haces falta, pero te amo en verdad. ¡Gracias! ¡Soy feliz! ¡Soy muy feliz! -

Muchas personas se contagiaron de la electricidad de sus palabras y de pronto, otras jóvenes y jóvenes se unieron con ella dentro del agua.

- ¡Yo también soy muy feliz! - anunció una chica de pelo rizado lanzándose al agua

- ¡Yo no sé porque, pero me metí a la fuente! - gritó otro entrando también

Todos comenzaron a reír y a salpicarse.

Algunos niños se unieron al festejo casi en automático.

Un policía pasó cerca y miró a todos extrañado. Todos se quedaron quietos sin saber qué pasaría. El oficial paseó la vista de un lado a otro acomodando su gorra mientras sus labios parecían abrirse. Al final, no sucedió. Se encogió de hombros con una sonrisa en su boca y pasó como si no hubiera visto nada. Todos estallaron en júbilo.

- ¡Lo amamos Poli! -

- ¡El Poli para Presidente! -

- ¡Siiiii! -

En la soledad de la habitación, Julián se quedó sentado semidesnudo a la orilla de la cama aún con la camisa puesta. Encendió el televisor queriendo distraerse, pero lo apagó luego de unos minutos. Como era de esperarse, la televisión nunca había tenido nada bueno que aportar a las personas en realidad.

Miró de un lado a otro. Extrañó la voz de Melina. Acarició con su mano la sábana donde momentos antes habían compartido juntos los cuerpos. Extrañó su cuerpo. Se recostó en la cama y cerró los ojos. Extrañó la compañía de la chica. Pero una vez que el silencio se hizo presente también en sus pensamientos, se dio cuenta que a quien realmente extrañaba era a sí mismo. Por supuesto que había disfrutado el encuentro. Por supuesto que había disfrutado la danza de sus cuerpos. Sin embargo, se preguntó en qué momento su cuerpo había comenzado a gobernar sobre sí mismo aún sin darse cuenta. Se preguntó en qué momento se había permitido acobardarse ante sus propios sentimientos comenzando a creer que las mujeres no podían amarlo salvo que tuviera que adquirir cariño.

Aunque se enamorara de Melina, ¿de qué otra manera podría aspirar a conquistar su corazón? Por esa especie de código de trato al cliente, Melina no compartía de común su teléfono personal. ¿Cómo podría decirle de título personal un "buenos días" o conocerla en un SMS o una llamada si el único número de contacto era el de Carmen en la oficina donde todas ellas? El temor al rechazo lo había paralizado para pensar en alternativas como un correo electrónico. De cualquier forma, ¿qué posibilidades había de que también quisiera compartir su mail personal?

¿Cuánto dinero podría ahorrar y considerar suficiente para concertar cada vez una nueva cita? Era duro de digerir, pero ¿cuánto dinero estaría dispuesto a invertir en abrazar apenas la posibilidad de que ella le diera entrada a una oportunidad más allá del hotel? Aun cuando le diera una oportunidad, ¿qué pasaría luego? ¿Podría pedirle que dejara esa actividad? Si así fuera, ¿qué opciones económicas podría presentar? Si ella le diera la oportunidad de conocerse e incluso llegar a novios, ¿por cuánto tiempo podría él aceptar que ella compartiera su cuerpo con otros más? ¿Sería él capaz de lidiar con los celos aun cuando tratara de no ejercer control sobre ella? Julián tenía que estar consciente de que, si ella fuera secretaria, no podría pedirle de un día para otro que dejara la oficina.

Que, si ella fuera doctora, no podría pedirle de un momento a otro que ya no laborara para cierto hospital. Escort, modelo, edecán o acompañante, estábamos hablando también de una actividad, un oficio, una forma de carrera y de vida. Sus razones y circunstancias tuvo y nadie más que ella podría ser su propia juez si alguien pidiera cuentas. Si él la había conocido en ese contexto en el presente, en ese mismo presente tendría que amarla en su futuro. Aceptarla aun sabiendo que en ella quedaría el otro por ciento de decisión de que tan larga o corta sería la distancia entre salir de ese medio o no. ¿La amaría igual si ella saliera mañana mismo o si saliera en unos meses más?

Julián tenía que mirar profundamente en su corazón y comprometerse a amarla, desearla, protegerla y apoyarla justo como al resto de todas las mujeres también valiosas en el mundo. No solo cuando el deseo sexual o de conquista permanecieran sino incluso cuando los años, los problemas y las dificultades salieran a escena. Tendría que hacer un pacto con sus ojos de nunca verla como menos o inferior. Nunca reprocharle nada sobre el pasado común de ambos porque precisamente eso los había unido. Julián tenía que comprometerse a reconocer siempre que ante él estaba una mujer, una persona, un ser individual y no un mero objeto lindo, deseable ni adquirible. No, él no sería ningún "salvador", ningún "rescatador", ningún "ayudador". Ella no le debería nada. En todo caso sería codependencia y no amor genuino. Ella no tendría que vivir agradecida ni rendirle pleitesías continúas. Ella valía exactamente su peso en oro justo como él. Julián tenía el mismo compromiso de ser fiel, leal y constructor continuo de la relación junto con ella aun cuando otras mujeres aparecieran en escena y en el contexto.

Julián estaba cansado del rechazo de esas mujeres a lo largo de su vida. ¿Qué había propiciado él para generar esa especie de rechazo? Aun cuando no fuera responsable de ello, ¿cómo podría hacer frente a ese supuesto rechazo? Al adquirir compañía de esa manera como un último recurso y no como una decisión consciente, él mismo se estaba rechazando en realidad antes que otra persona lo hiciera. Habría crecido supliendo, pero no creyendo ser digno de recibir. Curioso que él también a su manera y desde su lado tampoco había creído merecer, tampoco se había sentido digno. Había recargado su valía en la opinión de ella y todas ellas: Esas mujeres que le habían dicho puntos de vista particulares de su concepción de él. No obstante, no significaba por ello que sus palabras fueran verdades universales. Tenía que dejar de huir de sí mismo y su propia opinión. Tenía que dejar de pensar en agradar a los demás y agradarse primero a sí mismo. Si iba a buscar sexo, lo haría porque él así lo quería, no porque quería llenar un hueco, no porque quería adormecer una parte de él. No haría de una mujer ahora una gran mano. Tendría que ser justo como hoy que había sido él sin perderse en ella, aunque ella estuviera en forma de Melina. Dejó de esperar recibir y simplemente dio y al dar, fue también.

Sentía la muy fuerte atracción por conocer aún más a Melina. Crear una cita más, aunque tuviera que esperar un mes, dos meses más. Se puso en pie y comenzó a vestirse. Una vez vestido por completo, se puso frente al espejo de la habitación. Sabía que la opinión pública de fijarse en alguien dedicado a lo que Melina no era bien visto, no era bien recibido. Pero ahí estando frente a ella, confirmó que desde el Presidente más elegantemente vestido hasta la escort más desnuda, todos compartimos la misma humanidad. La misma fuerza, la misma debilidad. Los pecados de uno no son mayores que los del otro. En todo caso, son justo eso: Pecados.

Pero más allá de pecados, todos compartimos la misma pasión por amar, por vivir, por salir adelante. Unos aprendieron a hacerlo de una manera. Otros de otra. Unos se arriesgan a alcanzar sus metas económicas, aunque la gente les diga "políticos", "rateros", "corruptos".

Otros incluso con más decencia y humanidad se arriesgan a que les digan "putas", "cualquiera". Todos corremos en la misma carrera, aunque en diferentes carriles e incluso direcciones.

Unos van por la vereda ancha y espaciosa, otros por la corta y angosta. Unos se van más rápido que otros. Todos vamos tras las mismas aspiraciones en lo general. Nadie puede dar el valor que no conoce, que no posee. Nadie puede dar lo que no tiene. Julián no podía seguir aspirando a una gran mujer (fuera Melina o cualquier otra) si primero él no se reconocía a sí mismo como el gran hombre que era. Si Julián hubiera podido leer la mente de Melina durante el encuentro, jamás hubiera dudado que era el tipo de varón que toda mujer podría amar, querer y respetar.

Fuera o no Melina la mujer que él pudiera conocer, Julián deseó de todo corazón no volver a dejar de amarse como lo había venido haciendo. Tenía que amarse y respetarse como hombre si quería ser amado y respetado por una mujer. Tenía que dejar de complacerlas y tenía que comenzar a aceptarlas. Así, así como eran. Cuando fueran lindas y exquisitas, o cuando fueran incomprensibles y extrañas. Si una mujer declinaba de su interés por él, eso no significa que todas las demás lo harían. Por cada lágrima, hay más sonrisas detrás esperando. Las lágrimas brotan de lo que se ve hacia afuera, pero las sonrisas de lo que se siente desde dentro.

Buscaría a Melina en quince días. Querría verla con mucha fuerza. Pero aun cuando no pudiera verla, no se derrumbaría, no caería en la tentación de confundir pasión con amor, deseo con intimidad. La vida seguiría para él, así como seguiría para ella. Julián deseó de todo corazón que esta vez si lograba tocar el corazón de Melina, sería la mejor versión de sí mismo en temas de pareja. Sin excesos, sin controles. Simplemente ser y dejar ser. Y deseó que aún si Melina no era la mujer para él, siempre la llevaría en su memoria como el evento que había desatado en su vida el deseo por ser libre, de sí mismo y de sus temores.

Salió del cuarto y en ese cuarto también un viejo Julián quedaba. Un nuevo Julián avanzó hacia el elevador. Salió del hotel y caminó silbando una vieja canción mientras se perdía entre las calles, el paso de los autos y los rostros de la gran ciudad.

CAPÍTULO 2

CREENCIAS

"Miró el rostro del Cristo ahora con unas líneas de cristal encima. Su expresión parecía la misma siempre. Con cierto miedo que finalmente venció, volvió a pisar el cuadro astillando de nuevo la imagen.

-Tú te la llevaste…-."

El despertador sonó como todas las mañanas. Abrió los ojos con pesadez y lidiaba particularmente con el izquierdo que, sin suficiente lubricación, se resistía a dar los buenos días y abrirse del todo.

- ¡Maldito ojo! - y talló con impaciencia haciendo sonar incluso desde dentro de sus cuencas, aunque sin ninguna preocupación

La lengua seca se le pegaba también al paladar y molesto chapuceó los labios sin poder evitar que algo de saliva salpicara sobre su barbilla haciéndolo limpiarse molesto.

- ¡Ah, maldita sea con esta boca! -

Se sentó pesadamente sobre la orilla de la cama rascando su glúteo derecho y luego la espalda media entre en medio del desgastado pijama azul que Elvira le regaló. Un pijama de rombos negros sobre ese azul alguna vez marino que ahora más que pálido por el paso de los años, lucía tan azul cielo como mezclilla deslavada. Si le daban pijamas nuevos, Andrés los amontonaba en uno de sus cajones y seguía usando el viejo pijama. Bostezó despidiéndose de la almohada y dándose ánimos a sí mismo se puso en pie. La fuerza del impulso le causó un mareo que lo hizo recargarse torpemente contra el ropero y luego quedarse con la mejilla pegada como sanguijuela a la pierna de un extraviado nadador.

- ¡Maldición! ¡De nuevo esos mareos! Estúpido doctor de quinta. Sus medicinas tan caras y no pueden hacer lo que se supone que tienen que hacer. ¡Ya estoy a hasta la madre! - y se impulsó a sí mismo con sus brazos para separar su rostro de la madera y mantener de nuevo el equilibrio. Una vez controlado el váguido, salió de la habitación rumbo al baño. La madera del viejo departamento parecía saludarle como una sombra pues a cada paso que daba, el crujir era constante en algunas zonas pese a que Andrés más bien a esas horas de la mañana arrastraba más que impulsar los pies. Se vio indiferente al espejo y de un mismo movimiento revisó su lengua, su nariz y los ojos estirando su piel para ver en la zona de cuencas. Sonoro, tomó aire en sus pulmones y raspó estrepitoso la garganta para jalar la flema que sentía rondarle. Una vez que flema y saliva se fusionaron en su boca, expulsó con fuerza como si sintiera que en ello exorcizaba alguna parte de él.

Lavó sus manos y su rostro encogiéndose lo más que pudo sobre ese pálido lavabo teniendo cuidado de no poner mucha fuerza sobre su columna vertebral. La verdad es que a sus sesenta y cinco, Andrés se enfrentaba al embate inevitable del tiempo. Allá por mil novecientos setenta y uno era un apuesto e igualmente alto mozo que solía causar una gran impresión en las chicas. Gustaba de peinarse con un emblemático fleco al estilo James Dean que combinaba aún con su chamarra negra de piel que había ganado en esa carrera de arrancones apenas el año pasado. Admirado por las señoritas, temido por otros chicos del rumbo, Andrés era conocido por su temperamento y su poca timidez al momento de ser impulsivo. Sus peleas con otros chicos bravos del barrio eran casi leyendas entre los más jóvenes. Andrés, "el flaco" era sinónimo de respeto para sus amigos y de problemas para sus contrarios. Su madre era la única persona ante la cual "el flaco" contenía su temperamento. Andrés siempre llevaba en el alma que su padre hubiera abandonado a su madre y hermanos por terminar enredándose al parecer con una chica que conoció en el taller donde trabajaba. Andrés era un inocente niño de apenas siete años cuando su padre llegó muy noche despertando a todos con sus gritos anunciando su partida.

-Andrés, ¿qué te he hecho para que nos pagues así? - reclamó al borde del llanto Gisela tratando de hablar despacio para no despertar a los niños. El reloj marcaba las once y media y mañana, aunque era viernes, tendrían que levantarse temprano a clases.

- ¡No! Si no es lo que haces. ¡Estoy harto de todo lo que no haces! ¡De todo lo que no eres! Mírate en un espejo. Estás hecha un marrano. Gorda, fea, descuidada. Ya me cansé de ti- espetó grosero el hombre mientras echaba apresuradamente ropa y otros objetos personales en aquella maleta café que en otras ocasiones había servido para que Andrés y su hermano Marco jugarán a las escondidas.

- ¿Es otra mujer verdad? ¡Es eso! Ya lo suponía-

- ¿Ah sí? ¡Pues que bueno que tengas talentos psíquicos! A ver si esos te dicen quién es el nuevo pendejo que se fije en ti- respondió acusado por su conciencia al saberse descubierto.

Andrés miraba en silencio la escena escondido detrás de la puerta entreabierta del cuarto. Temblaba sin saber qué hacer. Marco estaba de pie junto a la cama mientras Gisela se había despertado y ahora lloraba. Andrés solo le hacía señas a su hermano de que no se acercara y fuera a cuidar su hermanita. Ser el mayor le daba cierta autoridad, pero la verdad es que el temblor en sus piernas lo traicionaba por más esfuerzos que hacía de hacerse duro.

-Cálmate Andrés. Vamos a platicarlo con calma. Mira, hazlo por lo niños…-

- ¿Y a mí qué me importan esos escuincles? ¡A saber si son míos! Si no creas que no sé qué de seguro te metes con el primero que se te pone en frente mientras yo me mato en el taller…-

-No digas eso…-

- ¡A mi ninguna vieja me va a decir lo que tengo que decir! - y avanzó hacía la alacena de donde bajó una vieja caja de galletas que era en realidad el lugar secreto donde ponían sus ahorros. Gisela se le fue encima tratando de impedirlo.

- ¡No Andrés! Por favor, este dinero no. Es para la escuela de los niños. Sabes que he estado ahorrando eso. Ya mero hay que llevar a Giselita al Doctor. ¡Ten piedad! - pero su forcejeo fue en vano pues de manera violenta Andrés la empujo haciéndola caer.

- ¡Vete a la fregada! ¡A mí no te me pongas así! Este dinero es mío y punto-

El pequeño Andrés dio un salto y salió de su escondite para tratar de ayudar a su mamá.

- ¡No le pegues a mi mami! - y sin pensarlo mucho, se le fue encima a golpes a su padre. La diferencia de edad y peso era arrolladora. Bastó una sola bofetada de su padre en su mejilla para hacerlo caer de sentón.

- ¡No hijo! ¡Ven, no hagas eso! - y Gisela tomó a su pequeño cubriéndolo con su regazo.

- ¡Ahí está lo que les enseñas! ¡A ponerlos en mi contra! - reclamó excusándose el hombre encontrando más motivos ficticios para no dar más cuentas y acto seguido, salió dando un portazo que sacudió toda la humilde vivienda mientras el ladrido de los perros despedía casi con un tono fúnebre al mal padre y esposo que partía presuroso para nunca volver. Andrés seguía abrazado de su madre quien trataba de ponerse de pie adolorida del empujón.

- ¡Tengo tantas ganas de que se muera! - dijo el pequeño

- ¡No, mi amor! No digas esas cosas. A diosito no le gusta eso. Él sabe porque permite las cosas. Es tu papá y debes respetarlo-

- ¡Pero si es bien desgraciado! No me gusta que te pegue- y el llanto lo inundó por más que se secaba las lágrimas. Gisela se conmovió y mordió sus labios en silencio mientras lo abrazaba entre sus piernas tratando de darle algo de paz y tratando de ordenar sus pensamientos propios.

Gisela tuvo que repartir su consuelo pues notó que sus otros hijos estaban ahora en la orilla de las escaleras mudos contemplando la escena. Marcos sostenía como podía en brazos a Gisela quien lloraba desconsolada.

Pronto los tuvo a los tres y como una gallina amorosa, los acurrucó a todos bajos sus brazos. Ciertamente, fue la última vez que Andrés vio a su padre. Y desde entonces, tuvo que apresurarse a crecer pues Marco de seis años y Gisela de cinco, eran demasiado esfuerzo para una mujer sola. No tuvieron dinero para la consulta debido al dinero sustraído por su padre y la pequeña Gisela volvió a tener un nuevo ataque de asma a los dos días y no hubo medicamentos disponibles para ella. Para cuando llegaron al hospital, la pequeña tenía los labios tan morados que el Doctor no pudo hacer más.

-Lo siento señora. Su hija ha fallecido. Tome asiento por favor. ¡Enfermera! Por favor asista a la señora. Yo iré a llamar a los del Ministerio Público- y se alejó dejando como petrificada a Gisela quien se quedó con la mirada perdida. Andrés tuvo que portarse con más años de los que tenía porque solo él estaba al lado de su madre para ayudarle a sentarse tratando de salir del shock.

-Siéntate mami-

-Si…no…espera…- trataba de articular la mujer acariciando nerviosa la cabeza de su hijo sentándose pesadamente en la fría banca.

Era un niño, pero comprendía bastante bien un concepto como la muerte. Se mordía los labios, pero las lágrimas le salían a borbotones. Quería decir el nombre de su hermanita, pero el nudo en la garganta le impedía incluso tragar saliva. El ardor en la faringe era casi insoportable tan solo de pasar aire para respirar. La enfermera llegó tratando de ser lo más amable que podía.

-Hola pequeño. Mira, debo hablar con tu mamá en privado. ¿Me puedes esperar en la salita que está allá? Te traje un chocolate. Si me esperas allá, te doy otro ¿sí? - y Andrés la miró con los ojos hechos un mar. No podía hablar, pero con la cabeza negó tímidamente mientras el puchero le rompía la expresión de la cara. La joven enfermera hizo acopio de fuerza y se dirigió a Gisela.

-Señora, tengo que pedirle que me acompañe, pero el niño…el niño no puede estar presente. Créame que lo siento mucho, pero son instrucciones. ¿Puede pedirle a su hijo que espere en la otra sala por favor? -

-Si…yo…eh…si- respondió difusa la mujer

- ¡No mamita! ¡Yo me quiero quedar contigo! - suplicó Andrés

Gisela estaba desconectada de la realidad y hacía intentos desesperados para tratar de poner la vista sobre su hijo. Todo se le juntó.

- ¡A ver! ¡Ya! ¡Ya! ¡Ya Andrés! - y lo sujetó de los brazos con ambas manos sacudiéndolo- ¡Necesito que seas un hombrecito! ¡Vete a la sala de inmediato! ¡Ahorita salgo! -

La enfermera volteó el rostro tratando de sacar de su mente la postal del pequeño Andrés con ojos asustados lleno de lágrimas como cataratas.

-Si mamita. Ya voy- fue lo único que pudo decir e inició la marcha arrastrando los pies sobre el sucio pasillo de ese hospital público hasta llegar a la sala de espera con el corazón roto y el chocolate aplastado en su mano izquierda. Su playera azul gastada, unos shorts negros y sus zapatos desabrochados se volvieron una sombra débil en cada paso hasta llegar a su asiento. Los otros enfermos y familiares lo vieron en silencio. Andrés los miró a todos y se sintió más confuso. Se fue caminando hasta aquella esquina junto al garrafón de agua y se sentó clavando la cabeza entre las rodillas mientras cubría con sus brazos el rostro.

Lloró y lloró sin alzar la vista. Todos lo miraban, pero nadie decía nada. Parecía que se unían en su dolor aún sin comprender cuál era.

- ¿Por qué está llorando el niño mamá? -

- ¡Shhh! ¡Cállate hija! -

En un momento, ningún otro sonido era presente salvo el llanto ahogado y en espasmos del pequeño Andrés.

- ¡Herma…herma…hermanita! ¡Hermanita! -

Hasta el anciano más serio se removía nervioso en su asiento tratando de disimular. El barrendero de turno pasó por ahí y vio indiferente al niño. No era la primera vez que veía llorar a la gente. Acomodó su gorro de trabajo y pasó el trapeador cerca sin tocar al pequeño.

El cansancio fue el mejor anestésico para él en ese momento. Sin fuerzas, se quedó completamente dormido. Su pose se fue rompiendo hasta que quedó mal sentado, de piernas abiertas y extendidas con la cabeza recargada en la pared y el infante rostro lleno de llanto y mocos combinados. El chocolate se escapó de su mano quedando maltrecho a unos centímetros de su rodilla sucia.

-Por favor, firme aquí también- dijo la enfermera y aunque le estaba prohibido, abrazó a Gisela en silencio unos instantes apresurada temiendo que el Doctor llegara antes.

Gisela se rompió. Lloró en silencio aferrándose a la enfermera.

- ¡Mi pequeñita…! ¡Gisela!...... ¡Dios mío! -

Los mexicanos siempre han sido gente solidaria y absolutamente todos los vecinos de la cuadra juntaron dinero para apoyar a Gisela en el entierro y velorio de su hija muerta. Los rosarios fueron el común. Café y bolillos para todos los asistentes. Marco y Andrés vestidos de negro con unos trajes que Doña Cata, la del seis les había regalado. Marco se entretenía jugando con otros niños en el patio de la vieja vecindad. Andrés no. No pudo. Se quedó en silencio dentro de la sala a unos espacios de su mamá quien lloraba con aquellos lentes oscuros. Gente iba y venía dándole el pésame con enorme solemnidad. Andrés paseó la vista. Unas largas velas hacían columna a los costados del pequeño ataúd plata que no quería no voltear a ver.

Un cuadro del Sagrado Corazón tomaba la cabecera de un pequeño altar improvisado. Detrás una corona mortuoria con el nombre "Giselita" impreso. Veladoras en el piso en todo el contorno del ataúd. Doña Cata se puso en pie y anunció que el último rosario daría inicio. Todos se pusieron de pie menos Andrés.

-Santa María, madre de Dios. Ruega por nosotros pecadores...- anunció la anciana besando el dorado rosario que llevaba consigo.

Andrés miró fijamente el rostro de ese Jesús con una mano en el pecho y otra extendida en forma de saludo romano. Su inexpresivo rostro y su barba larga le resultaron ajenos. ¿Se supone que está feliz? ¿Se supone que está triste? El par de preguntas rodearon su mente mientras los rezos seguían.

Finalmente, el rezo cesó. Los de la funeraria entraron silenciosos haciendo una seña discreta a Lucía la hermana mayor de Gisela quien había tomado todo el control del sepelio en un apoyo a su familiar.

Gisela caminó hacia el ataúd y se puso a un lado contemplando por última vez el rostro de Giselita. Todos guardaron silencio y nadie se movía. Las lágrimas se le habían acabado. Al menos las externas. Puso su mano sobre la boca sin poder articular. Lucía se acercó amorosa y la rodeó con el brazo.

-Vente carnala. Ya llegaron los de la funeraria...-

La alejó de ahí. Algunas vecinas y familiares pasaron de rápido también a despedirse ante el ataúd. Una vecina empujó ligeramente a Andrés por la espalda haciéndole la seña de que fuera a despedirse también de su hermana. Sintió mucho miedo, pero arrastrando los pies avanzó lentamente. Algunos adultos le dieron el paso en la fila.

-Si quieres te cargo- dijo Don Cuco levantando al pequeño para que pudiera ver

Andrés miró rápidamente de reojo y se encogió como una cochinilla. Don Cuco lo bajó a brevedad. Los de la funeraria se acercaron.

El pequeño Andrés se quedó en silencio recargado sobre una pared. Sus ojos se clavaron de nuevo en el cuadro del Sagrado Corazón.

No habló, pero en su mente tuvo un diálogo con Dios. Le pedía que su hermanita volviera a vivir. Le pedía que algo maravilloso pasara y ella se sentara abriendo los ojos. Le hacía promesas a Dios de que la cuidaría mucho. Le aseguraba que sería el mejor hermano que una hermanita pudiera tener. Le pedía que todo fuera diferente.

Al volver del entierro, Gisela se encerró en su cuarto encargándole antes a sus hijos a su hermana.

-Necesito estar sola un rato ¿sí? ¿Te los puedo encargar tantito? -

-Si carnala. Yo los llevaré al parque. Trata de dormir o algo. Vengan niños ¿quieren un helado? - y los tomó de la mano saliendo de la vecindad.

Caminaron en silencio hasta que el organillero irrumpió en el parque con sus melodías románticas. Marco vio columpios y corrió hacia ellos. Andrés se quedó prendido de la mano de su tía quien no quiso forzarlo.

-Tía. ¿Por qué se muere la gente? -

-Pues…todos nos vamos a morir hijo. Unos se van primero. Otros después-

- ¿Y a dónde se van? -

-Los que se portan mal, se van al infierno. Los que se porten bien, se van con diosito-

- ¿Gisela se fue con diosito? -

-Sí, ella está derechito con Dios. Todos los niños se van con él en automático-

- ¿Y por qué Dios no quiso que siguiera viva tía? -

- ¡Ay mi'jo! ¡Qué cosas dices! Diosito no quería que se muriera…-

- ¿Y entonces por qué se murió? -

Lucía se sintió confundida con las preguntas del niño. Tuvo que admitir que no tenía todas las respuestas como pretendía.

-Gisela ya estaba muy malita mi amor. A veces así pasa. La enfermedad es la que hace que las personas se vayan con Dios-

-Mi papá se llevó el dinero de sus medicinas y de la consulta para el Doctor…-

Lucía apretó la quijada recordando a su cuñado. El rictus de desprecio le hizo toser incómoda.

- ¿No quieres ir con tu hermano a los columpios? Mira, se desocupó uno. Ya te puedes subir-

-No quiero. Tía ¿Por qué si Dios lo puede todo, no pudo hacer que mi hermana reviviera? En la misa de la otra vez el padrecito decía que Dios es la resurrección y la vida…-

Lucía volteó nerviosa a ver al niño. Le sorprendía que en verdad ponía atención pese a que se la pasaba en suelo jugando con sus carritos en toda la homilía. Tomó airé tratando de responderse a ella misma.

-Mira, Dios…sabe porque hace las cosas. Tal vez Dios se sentía muy solito allá arriba y quiso que un angelito lo acompañara. Tal vez Dios vio que tu hermanita era el ángel más bonito en la tierra y por eso se la llevó-

- ¿Por eso se van los papás? ¿Dios también se los lleva? -

Lucía exhaló más nerviosa arrinconada por las preguntas que ni ella misma se había hecho alguna vez

-No. Hay personas que se van por su gusto y otras que Dios mejor se las lleva antes de…antes de que sufran más en este mundo. Si Dios se llevó a tu hermanita pues…fue lo mejor. ¡Anda! - y se puso en pie – vamos a jugar a las coleadas con Marco-

Esa noche, Andrés se despertó cerca de las once de la noche. Tal vez fue el efecto de tanto helado que su tía les había comprado. Fue al baño, pero en vez de ir a su cuarto, abrió ligeramente la puerta del cuarto de su mamá. Gisela yacía completamente dormida con los ojos hinchados. Se durmió con la ropa puesta y aún con los zapatos puestos. Andrés caminó de puntitas y le quitó los zapatos tratando de no despertarla. Gisela se acomodó y ni siquiera reparó del pequeño ahí.

Andrés se quedó quieto frente a la cuna. Las cobijas, un osito de peluche, unos fajeros, una mamila con té de manzanilla para cuando le daban cólicos. Respiró agitado y salió lo más aprisa que pudo sin hacer ruido. Llegó hasta la sala. La corona aún estaba ahí.

Las veladoras consumiéndose y en el piso el cuadro del Sagrado Corazón recargado sobre la pata de una silla. Andrés caminó lentamente hacia el cuadro y lo levantó en silencio. Miró el rostro del Cristo de prendas azul rey y ajuste rojo. Andrés trataba de que el cuadro hablara, quería que la imagen le dijera algo. Se fijaba en la boca como esperando que algo sucediera, pero no sucedió.

Tomó el cuadro y miró por detrás. Nada. Una tapa de cartulina cubriendo la imagen principal. Dejó caer el cuadro intencionalmente al suelo. El cristal cedió de inmediato cuarteándose, aunque sin romperse. Pareciera que nadie más que él escuchó pues ni siquiera Gisela se despertó.

Miró el rostro del Cristo ahora con unas líneas de cristal encima. Su expresión parecía la misma siempre. Con cierto miedo que finalmente venció, pisó ahora lleno de desprecio el cuadro astillando y rompiendo la imagen del Cristo en su interior.

-Tú te la llevaste…-

Enjugó su rostro, puso agua en su cabeza y se incorporó lentamente. El dolor en la espalda le daba también a su manera los buenos días.

- ¡Maldita espalda! -

Secó su rostro y peinó su ahora cansado fleco aún a la vieja estampa con su peine delgado.

- ¡Pinche Flaco! - se saludó a sí mismo en el espejo con acento de barrio. Tomó las pequeñas tijeras de una cómoda y se cortó el exceso de pelillos en la nariz. Salió del baño y se puso la camisa que previamente había planchado la noche anterior. Vivía solo. Nadie lo acompañaba en esta etapa de su vida. Tuvo muchas novias de joven. Frecuentó bares, prostíbulos y casas de citas. Aunque vivió en unión libre cerca de tres años, finalmente su relación con Elvira concluyó. Temía al compromiso. Solía negarlo. Decía siempre que el amor no necesitaba papeles. Que eran libres de irse cuando quisieran. Que nadie las tenía a la fuerza junto con él. Elvira le soportó más que ninguna. Pero lo conocía y por ello nunca se quiso embarazar. Tal vez presentía que Andrés nunca querría ser un buen padre.

Elvira se cansó de la promesa de casarse "ahora si el próximo año" que nunca llegó. Le pudo soportar que llegara ebrio e incluso con aroma de mujer un par de ocasiones. Pero no que le volviera a mentir un año más sobre la promesa de casarse. Para cuando Andrés volvió del taller, un recado sobre la mesa lo esperaba.

"Andrés. Quiero que sepas que te he amado como no creí amar a ningún hombre en mi vida. Tal vez demasiado. Ya no puedo aguantar más. Me han dolido muchas de tus mentiras y muchas de tus cosas que me has hecho. Pero no debes de mentir nunca sobre un compromiso tan serio como el matrimonio. Lo hiciste de nuevo. Ojalá un día descubras que solo siendo vulnerable puedes tener la oportunidad de recibir ese amor que tanto necesitas. No me busques. Dios te bendiga"

Andrés tragó saliva nervioso, pero luego tomó la hoja de papel y haciéndola una pequeña bola, la lanzó por los aires.

- "Dios te bendiga", "Dios te bendiga" … ¡A la fregada pues! ¡Puedo vivir perfectamente solo! -

Acto seguido, se fue a embrutecer todo el fin de semana a una cantina con sus dos amigos más cercanos: El Cane y El Roque.

Andrés llegó a la cocina. Abrió el refrigerador. Cuatro huevos, una lata de crema a la mitad, posiblemente restos de un cuarto de jamón y una lata de cerveza acompañaban a unos limones secos de tanta bodega que daban su mejor cara a un costado de unos jitomates rojos. La pequeña cazuela de sopa fue la mejor opción. La puso a calentar sobre la estufa. La sirvió en un plato. Añadió una cucharada de crema. Tomó lo que quedaba de pan bimbo y se sentó a la mesa. Un refresco de cola a la mitad fue la cantidad exacta de líquido que necesitaba para su desayuno. Prendió el televisor dispuesto a oír las noticias una vez más.

-En el panorama nacional, presentamos a continuación un vídeo subido de manera anónima al portal de Youtube donde puede verse al Delegado de la Miguel Hidalgo sustrayendo dinero de la oficina mientras falsifica unos documentos y luego tiene sexo con una mujer. Aparentemente su secretaria-

- ¡Malditos políticos de mierda! Según muy fregones y siempre les caen en la maroma con su internet. ¡Mira nada más cuanto billete! ¡Y esa vieja nomás ahí por el billete! Fui niño, crecí, soy viejo y ellos siguen iguales. ¡Malditos políticos corruptos! -

Las demás noticias eran iguales o peor. Andrés veía indiferente cada imagen.

Comiendo más por rutina que por necesidad, finalmente terminó y se levantó de la mesa. Aun masticando bocado, lavó los platos. No le gustaba dejar trastes sucios antes de salir de casa.

Tenía que ir a comprar algo de despensa. El lugar más cercano era el supermercado cerca del crucero a tres cuadras. Jubilado, sin pareja ni familia cercana, Andrés no tenía prisa de nada. Sus piernas le pesaban cada día más, pero eso no lo angustiaba. De joven siempre caminaba rápido, muy rápido. Ahora de viejo, solía decir incluso que estaba descansando todo lo que de joven nunca descansó. A veces pasaba a la vieja cantina que todavía sobrevivía en la cuadra. Saludaba a todos, comía algo de botana, bebía un pulque de máximo y se retiraba. No lo había dicho con la boca, pero en su corazón había abandonado finalmente las copas desde la última borrachera luego de la partida de Elvira.

Vio el reloj en la pared antes de salir. Ocho y media de la mañana.

José se levantó en silencio de la cama. No quería despertar a Cinthya.

Despabiló sus ojos y se puso de rodillas frente a la cama.

-Señor, te doy gracias por la oportunidad de permitirme despertar con bien y ver la luz de un nuevo día. Gracias por dejarme despertar a lado de una mujer tan hermosa como Cinthya. La bendigo de todo corazón. ¡Oh, amado Padre, bendito seas! Por favor, toma las obras de este día. Permíteme bendecirte con mis actos. Dame la oportunidad de aprender algo nuevo que tú quieras para mí. Déjame ser sal y luz a las naciones. Te pido por mis muchachos. Que tu ángel los proteja y los guarde en todos sus caminos. Gracias. Amén –

Cuando abrió los ojos, ahí estaba Cinthya viéndolo en silencio con una sonrisa en el rostro. Ese hombre que tanto amaba, no dejaba pasar ni una sola mañana para entregar su vida de rodillas a Dios. Una parte de ella se sentía muy afortunada de haber conocido a un hombre de fe como él.

- ¡Hola guapo! ¿Cómo está usted hoy? -

-Mi vida. ¿Te desperté? No quise hacer mucho ruido-

-Ya sabes que te siento cuando te mueves. Te tengo bien checadito- y ambos rieron.

- ¿Me das un besito? - dijo él en tono infantil

-Si te acercas, te voy a dar algo más- respondió en tono coqueto ella

-Mujer. No digas esas cosas. Acabo de orar-

- ¡Ay, ya! ¡No seas tan exagerado! Ni que Dios se vaya a espantar. ¿Cómo crees que llegaron tus hijos? ¿Así nada más? -

- ¡No seas irreverente mujer! -

- ¡Tú! ¡No seas tan exagerado! - y le dio un beso en la boca haciéndolo suspirar. Antes de que pudiera decir algo, Cinthya saltó de la cama y anunció.

- ¡Hoy te toca a ti ir por las compras! ¡Zafo con limón y ajo! ¡Me voy a meter a bañar! La hermana Brenda me invitó a la reunión de mujeres. Yo dejo a Ana en la escuela y tú dejas a Samuel en la suya-

- ¡Oye, no! ¡Espera! ¡Eso es trampa! -

- ¡Nada de trampa corazón! Cuando tú te vas a tu reunión de varones yo no digo nada. ¡Ándale, hoy te toca ser el amo de casa! -

José se puso finalmente de pie. Amaba a su esposa desde que la conoció. Diez años casados y esa mujer seguía ahí. Soportando lo mejor y lo peor de él. José creía fielmente que ella era la oración a muchos tiempos antes de conocerla. La amaba en verdad. No solo era la madre de sus hijos, pero, además, la persona que le había regalado por primera vez en su vida una Biblia. La misma Biblia que llevaba consigo a todos lados.

Al llegar a la sala, sus hijos Ana y Samuel desayunaban cereal y huevos con jamón que Samuel había cocinado ya.

- ¡Vaya! Pensé que nunca se iban a despertar- saludó el joven preparatoriano

- ¡Muy bien, muy bien! Así me gusta: Todo un varón de Dios que provee a la familia y ahora, a su hermana-

- ¿Qué onda Pa'? Ya siéntate que se te enfría-

- ¿También yo alcancé? -

- ¡Hojas Petra! -

- ¡Habla bien muchacho! ¿Qué es eso? Dice la Palabra que de nuestra boca solo debe salir palabra que edifique-

Ana y Samuel se miraron uno al otro en silencio. Amaban a su padre, pero a veces encontraban incómodo tener que ser constantemente recordados de lo que la Biblia decía o no de casi todos los temas. No siempre había sido y eso les daba cierto rango de tolerancia. Un par de años atrás las cosas eran de hecho infernales. Su padre bebía y se iba de parranda casi todos los días. Tuvieron que enfrentar momentos muy duros cuando ese mismo hombre hoy casi un santo, había intentado golpear a su madre. Ana y Samuel habían tenido siempre el valor de enfrentarse a su padre y literalmente, hacían vallado para que su madre no fuera alcanzada. El tema del divorcio comenzó a ventilarse. Lejos de reflexionar en los cambios que él tenía que hacer, José se lanzó en rencor a Cinthya aumentando su agresividad. Precisamente un veinticuatro de diciembre de años atrás, José echó a la calle a su propia familia completamente cegado por los efectos del alcohol. Eran algunos minutos antes de la media noche y los tres deambularon por algunas calles tratando de pedir asilo. Nadie les extendió la mano. Curiosamente al pasar por la esquina del mercado, el viejo y respetado templo cristiano aquel estaba aún abierto recibiendo a méndigos y personas de escasos recursos que no tuvieran donde dormir. El Pastor de aquella pequeña congregación se llamaba Alfonso. Era un hombre sencillo, trabajador y nada religioso. Se ganó la simpatía de la gente más que con palabrerías, con hechos comprobados. Desde la llegada de ese hombre al barrio, los niveles de delincuencia habían disminuido en el paso de solo un año.

Algunos de los más peligrosos asaltantes de la colonia o se acercaron a Dios (gracias a las campañas evangelistas que el Pastor Alfonso hacía) o simplemente, como si alguien estuviera limpiando con un rastrillo la zona, comenzaron a morir, ser llevados a prisión o irse del barrio. Pese a su aversión, el mismo cura de la colonia reconocía que el Pastor Alfonso era pieza clave de los cambios. Pues ese mismo Pastor cuyo transporte era un sencillo Volkswagen azul turquesa era quien sonriente estaba a las afueras del templo con un letrero escrito a mano que decía "¿No tienes donde pasar la nochebuena? Ven, Cristo te espera". Cinthya pasó por la acera de enfrente meditando si debía ir con su hermana Laura que vivía hasta Naucalpan o si pedir posada con su vecina la chismosa Inés.

-Mamá. Tal vez si vamos a casa de mi amiga Sonia nos de asilo esta noche. Ella es muy buena- sugirió Ana a sus trece años con frio en el cuerpo

-Si. Déjame pensar hija. En eso ando- respondió Cinthya algo angustiada sabiendo que sus hijos tenían frio. Samuel era una roca. Detrás de su sepulcral silencio, había un enorme dolor y enojo por lo que su papá les había hecho. Samuel estaba implosionado. No hablaba. Simplemente respiraba acelerado y su vista parecía pensar en algo.

Cinthya no traía más dinero que el que traía en su monedero y eran menos de treinta pesos. José no les dejó ni tomar agua antes de sacarlos. Alzó la vista y miró al anciano Pastor lleno de paciencia esperando a quien por ahí pasara. Cinthya dudó pues nunca había sido afecta a la fe, a la religión. Creció como todos en un hogar instruida por la fe tradicional en México. Hizo la primera comunión y su última vez en una capilla fue el día de su boda con José. Cosa que, por cierto, comenzaba a parecerle una mala idea. Sus tías siempre le habían dicho muchas cosas sobre los no católicos. "Protestantes" les llamaban despectivamente desconociendo que el propio Papa había solicitado desde el Concilio Vaticano II que no les llamara más "protestante" sino "hermanos separados". Pero para esas señoras que poco tiempo invertían en sus propios hogares para enterarse de los chismes de la cuadra en el atrio de la capilla, poco iban a tener tiempo de leer además los documentos canónicos de sus líderes espirituales.

Cinthya se detuvo tomando aire, aunque ciertamente considerando cada vez más la posibilidad de tragarse su orgullo por el bien de sus hijos. Si para Dios no hay coincidencias, entonces Cinthya pudo comprobarlo. El Pastor Alfonso ya estaba a unos pasos de ellos cuando ella seguía buscando dentro de las bolsas de su abrigo.

-Buenas noches. Disculpe que me meta, pero ¿no es muy noche para que ande con sus pequeños a esta hora? Es nochebuena. Tiempo de estar en familia-

- ¡Mi papá nos corrió de la casa! - interrumpió Ana triste y molesta

- ¡Ana! - regañó Cinthya apenada a la joven que simuló indiferencia

-Mire, los invito a pasar. Hay ponche caliente y tenemos un rico pavo para compartir-

-No, mire. Nosotros somos católicos y no queremos tener problemas-

-Señora mía- aclaró el hombre con voz serena, -nada tiene que ver su credo en esto. Es noche buena, un tiempo de amor, de paz entre todos. Esta noche solo queremos compartir un lugar con aquellos que no tienen donde ir-

El entonces adolescente Samuel tomó iniciativa

- ¡Ya mamá! ¿Qué tanta vuelta le damos? Llevamos casi una hora dando vueltas en la cuadra. Tenemos hambre y frío. No es un convento. Es un templo. Si no nos gusta, nos salimos y ya. ¿Verdad señor? -

-Así es hijo. A la fuerza ni los zapatos entran-

Cinthya trató de argumentar algo, pero su corazón de madre la convenció.

-Está bien. ¡Pero solo un ratito! ¡Y no voy a dar ningún dinero, ni tampoco aceptaré que me pidan que tire mis imágenes! ¿Está claro? -

-Si señora. Seré el primero en pedir que se vayan si alguien les pide dinero o algo que ustedes no quieran-

Con desconfianza aún, Cinthya entró por aquella puerta del templo. Era un templo Bautista construido desde los años sesenta. Amplío, lleno de bancas de madera bien cuidadas, iluminación adecuada que daba el toque exacto de espacio y fondo en cada pared. Como era de esperarse, no había cuadros ni imágenes de algún santo o virgen. Las paredes pintadas de un blanco hueso que encajaba perfecto con los adornos en madera sobre las columnas y cornisas. En la zona principal, un púlpito completamente hecho de madera con una biblia abierta de par en par seguramente en alguno de los Salmos. El salmo 23 podría ser. Al fondo, sobre la pared, una enorme cruz también de madera sin un Cristo arriba de ella. Lisa, vacía pero reverente.

Al interior se habían acomodado mesas plegables de plástico donde había diversas cazuelas y trastes llenos de comida. Sopa, ensalada rusa, milanesas y huevos con jamón entre otros platos caseros. Canastas llenas de pan de dulce y muchos bolillos sobre todo. En una zona particular, recipientes llenos de caliente y aromático ponche de frutas que llenaba todo el recinto. Esperando que el lugar estuviera medio vacío, Cinthya descubrió sin embargo que el lugar estaba casi lleno. Encorbatados varones mayores servían sonrientes a la mayoría de los indigentes ahí reunidos. Las mujeres entregaban pan y vasos con café o ponche según se eligiera. Pocos jóvenes entre los voluntarios. Un coro de casi diez personas cantaba en uno de los extremos del lugar. Discreto, nada llamativo. Casi como música ambiental para los visitantes. Cuando Cinthya y sus hijos entraron, el coro navideño de "Noche de Paz" del austriaco Joseph Mohr sonaba con una magnifica entonación y conjunto de voces.

- ¡Que rico se ve todo! - exclamó Ana soltándose de la mano de su mamá y caminando hacia una de las mesas donde se servía.

-Adelante, pidan con confianza. Dios ha provisto suficiente para todos- dijo el Pastor entregándoles en persona vasos de ponche caliente que aceptaron gustosos.

La gente charlaba. Algunos reían. Otros preferían comer en silencio casi aislados del resto. Lo cierto es que había algo en el ambiente que en verdad hacía sentir a la joven madre en un lugar seguro. Fue evidente cuando a los diez minutos se quitó su abrigo con confianza. Esperaba que tan pronto entraran se les fuera encima una horda de personas con biblia en mano advirtiéndoles que se arrepintieran o se irían al infierno, pero no fue así. Fue como haber entrado a un restaurante, a un gran bufete en el que, pese a la poca elegancia, se sentía en paz.

Ana siempre espontánea, tan pronto terminó de comer, se ofreció para apoyar a los que servían. Cerca de la media noche es cuando más gente comenzó a llegar y más manos eran requeridas. Incluso el hermético Samuel se ofreció a mover mesas cuando le pidieron ayuda. Cinthya se quedó inmóvil unos minutos como tratando de ordenar sus pensamientos. Todo comenzó a ir en cámara lenta. En el fondo el himno aquel comenzó a sonar.

"Sublime gracia del Señor

Que, a mí, pecador salvó

Fui ciego mas hoy veo yo

Perdido y El me halló…"

Cinthya se dejó arrullar por los tonos armoniosamente intérpretes de esos sinceros cantores. No tenían un público aplaudiéndoles, pero ellos parecían consagrados a dar su mejor voz.

"Su gracia me enseñó a temer

Mis dudas ahuyentó

! Oh cuán precioso fue a mi ser

Cuando El me transformó! "

Comenzó a sentir el deseo de llorar, pero se mordía nerviosa los labios apretando la quijada moviéndose tratando de liberar la tensión. Pensó en José. Curiosamente hace unos minutos sentía un rencor creciendo en su pecho y ahora comenzó a recordarlo casi sintiendo compasión de él. No una compasión codependiente o fatalmente sumisa que humilla y denigra. Comenzó a verlo más bien como una persona tan extraviada y dolida que tenía que darse valor bebiendo. Ella lo amó desde la primera vez que lo conoció a las afueras de aquella oficina donde coincidieron a la hora de salida y él no dudó en decirle que era muy bonita. Que si podía saber en qué piso trabajaba. Recordó todas las peripecias para culminar su noviazgo y finalmente su boda. Recordó como José había comenzado a beber desde el primer año de su unión. Decía que podía dominarlo, pero la verdad es que fue siendo cada vez más al revés. Para cuando el primer año pasó, Samuel ya venía en camino y José cesó un tiempo de tomar. Había ido a "jurar" a la Villa y por un tiempo le funcionó.

Pero tan pronto terminó su promesa de no beber un año, volvió a las andadas. El año siguiente Ana vendría también en camino al mundo. De no ser por ese hábito suyo de beber, José era el esposo casi perfecto. Perfección que se desvanecía cada vez conforme pasaban los años justo como esa noche. Cinthya comenzó a darse cuenta de lo mucho que se había descuidado ella tratando de cuidar de los demás. Tratando de negar que se había convertido de alguna manera en la madre postiza de su esposo. Sentía que había dado lo mejor y solo estaba recibiendo dolor cuando tuvo que reconocer que ella misma había ido permitiendo sutilmente cada pequeño abuso cada vez hasta que las cosas habían saliendo de control terminando expulsada de su casa junto a sus hijos.

Algo extraño pasó porque comenzó a verse a sí misma ante el espejo de su vida. Comenzó a entender porque había permitido conductas y abusos de José. Dentro de ella había una niña creyendo que no era valiosa, que tenía que dar siempre más para ganarse el cariño de un hombre, para ganarse su valor como mujer. Se dio cuenta de la enorme ausencia de sí misma en su vida por mucho tiempo. No quiso asociar nada, pero admitió finalmente que había sacado a Dios de su vida y había dado entrada más bien a una religión, a un rito, a otra forma de agradar a los demás (sobre todo a sus tías) pero sin agradarse a sí misma. La joven "buena" y "obediente" era una absoluta fachada de la sumisión que había aprendido a asociar con "amor" y "buena madre" justo como su progenitora le había enseñado una vez con su ejemplo, con sus palabras.

Se dio cuenta finalmente que se había casado con un hombre bastante similar a lo que una vez fue su padre: Un alcohólico. Lo había hecho pese a que una vez había jurado que no lo haría nunca. Esa revelación le dolió y no pudo evitar llorar en silencio.

"En los peligros o aflicción

Que yo he tenido aquí

Su gracia siempre me libró

Y me guiará feliz "

¿A quién podía pedir ahora un poco de ayuda en medio de tanto desconocido? No quería que sus hijos la vieran doblarse. Pero, ¡ah, como tenía ganas de doblarse desde hace tanto tiempo atrás! Se acariciaba la mano nerviosa mientras las lágrimas se amontonaban en sus ojos.

Mirna, la esposa del Pastor, se acercó a ella y sin decir nada simplemente la abrazó.

Cinthya se quebró y se soltó a llorar. Lloró como hacía mucho tiempo que no lo hacía. Fue como estar al borde de la muerte viendo pasar su vida, pero sin la sentencia trágica de expirar. Más que el abrazo de la mujer, Cinthya sintió el abrazo del mismo Dios como respuesta a tantos años de descontrol interno. Lo había negado, lo había silenciado pero la verdad es que su vida tenía un gran hueco. Hasta esa noche. Con los ojos cerrados aun, vio una hermosa luz blanca y azul que pasaba enfrente de ella y la traspasaba como si ella fuera de tela y una ola de mar le hubiera cruzado inundándola toda. Comenzó a llorar, pero ahora llena de alegría. Una alegría sanadora que le daba fuerza y poder revitalizante. Sus hijos la miraron a la distancia en silencio. Extraño, pero les daba gusto verla llorar por primera vez sin tener que hacerse la fuerte. Sin tener querer control de las cosas ahora.

"Y cuando en Sión por siglos mil

Brillando este cual sol

Yo cantare por siempre allí

Su amor que me salvó"

Una vez que el dolor salió de ella se apartó lentamente de Mirna quien le extendió unos pañuelos.

-Discúlpeme. Ya le mojé todo el suéter. Va a tener que dármelo para que se lo lave-

-Tranquila. No pasa nada. Deje le traigo más ponche. Se está acabando- dijo Mirna dando media vuelta

- ¡Espere! ¿No me va a decir nada más? ¿Por qué me abrazó? ¿No va a predicarme ahora? - preguntó genuina, aunque extrañada Cinthya

-No tengo nada que añadir a lo que el Señor ya le dijo hoy mujer- dijo sonriendo con calma y se retiró.

Cuando Mirna se retiró, se quedó congelada viendo entrar por la puerta a José. Sus hijos corrieron hacia ella algo asustados.

- ¡Por favor! Tal vez están aquí- preguntaba José por su familia mientras algunos diáconos trataban de controlar su acceso acelerado

-Queremos ayudarlo. Solo cálmese por favor-

- ¡Cinthya! ¡Cinthya! - gritó José al verla en aquella banca y se echó a correr hasta llegar hasta ella y sus hijos quienes lo veían con miedo y sorpresa.

- ¿Qué quieres José? - dijo ella en tono sereno que incluso la sorprendió en sus adentros

- ¡Lo siento mujer! ¡Lo siento mucho! ¡Hijos, lo siento! Yo…lo que hice…quiero que…ni siquiera puedo hablar…Me porté muy mal. No debí haber hecho esto. ¡Perdónenme por favor! -

Ninguno de los tres se movió ni dijo nada por unos instantes.

- ¿Y para qué volver José? ¿Para que al cabo de unos días vuelva a ser igual? ¿Para que tarde que temprano me pongas la mano encima y ya no haya vuelta atrás para mi dignidad? ¿Quieres que volvamos para que nuestros hijos nos vean pelear? ¿A ti ebrio cada noche? No volveré a tu lado para ser una madre, ni una resignada José. Necesitas ayuda y la necesitas ya. Pero nosotros no vamos a estar ahí hasta que tú en verdad quieras cambiar. Ya no. Ya no José-

- ¿Te quieres divorciar? - preguntó temeroso

-No. Solo he dicho que no vamos a volver a tu lado si antes no haces algo por ti mismo por tu cuenta, por amor a ti mismo-

- ¡Pero no voy a poder! ¡Los necesito a ustedes a mi lado! -

-Si no puedes cambiarte a ti mismo, no veo cómo puedas enseñar a nuestros hijos a ser felices en la vida. Te amo, pero ya no más de todo esto José. Se acabó-

Ana y Samuel estaban atónitos oyendo las palabras de su madre. La mujer débil, insegura y sumisa ahora hablaba segura, asertiva y llena de amor y de autoridad.

José extendió las llaves de la casa a Cinthya.

-Por favor, regresen a casa. Yo, yo me iré un tiempo. Estaré bien. Ustedes no merecen vagar. Por favor hijos, vuelvan a su casa con su mamá-

Como Cinthya no aceptara las llaves, Ana lo hizo. José se despidió de ellos con la mirada avergonzada y dando medio vuelta salió del templo seguido por la mirada de todos ahí. Esa noche Cinthya y sus hijos volvieron a casa. Desde entonces, Cinthya acudió de manera regular cada domingo a ese templo con el Pastor Alfonso. Pasaron treinta días y José volvió un domingo en la tarde cuando todos veían televisión en la sala. Tocó a la puerta y se quedó ahí ante la vista de los tres.

-Hola Papá- saludaron Ana y Samuel.

-Hola hijos. Hola Cinthya- respondió nervioso

Lucía arreglado y diferente. Incluso olía a la colonia que hace años no se ponía desde su juventud.

-Hijos, Cinthya. De todo corazón quiero pedirles que por favor puedan perdonarme. Estoy muy arrepentido de todo lo malo que fui con ustedes antes de…antes de esa noche. Yo estoy dispuesto a cambiar y les prometo que quiero ser el mejor ejemplo de padre y hombre de Dios que ustedes puedan conocer. No se los digo para chantajearlos, pero en verdad Dios también tocó mi vida esa noche cuando ya no los volví a ver. No están obligados a aceptarme de nuevo, pero les pido que me den una oportunidad más. Si no cumplo mi palabra, yo mismo me retiraré sin más discusión-

Todos guardaron silencio. José trataba de mantenerse erguido pues la mirada se le iba constantemente al suelo lleno de pena.

Entonces Ana y Samuel lo abrazaron en silencio. Cinthya contempló unos instantes la escena y recordó el abrazo que Mirna la pastora le había dado a ella también. Sus hijos se retiraron un momento y cuando José se iba a poner de rodillas ante su esposa, ella lo detuvo y simplemente lo abrazó.

- ¡Perdóname Cinthya! ¡Lo siento mucho! ¡Perdóname! No te amé como mereces. Perdóname por favor-

-Está bien José. Está bien. Te perdono. Pasa, esta es tu casa también. Esta será ahora la casa de Dios para todos- y se unieron en un beso mientras Ana y Samuel lloraban también en silencio tomados de la mano.

Desde entonces José se había abrazo a la fe cristiana con profunda, realmente profunda dedicación. En ocasiones incluso llegando poco más allá de la fe en sí misma y eso era lo que a su familia de pronto comenzaba a incomodarle. Pero justo como en todos los excesos, la persona que los sufre suele negarlos o minimizarlos. José no era la excepción. No lo hacía por maldad. Había aprendido a hacerlo incluso por un exceso de bondad.

- ¡Esto está delicioso hijo! Te felicito realmente. Eres un gran cocinero. Podrías poner un restaurante- felicitó el padre a su hijo al terminar su plato.

- ¿En serio papá? Eso me agrada-

-Si. Cocinas muy rico. Podríamos unirnos con otros hermanos y dar empleo a personas con necesidad. Repartir folletos a los comensales o poner televisiones donde se proyecten películas que hablen de Dios y así ganar más almas para Cristo-

-Sí, bueno…preferiría algo más…familiar, propio. Es decir, nuestro Papá-

-Recuerda que la Palabra dice que en la Iglesia de los Hechos todos compartía lo suyo y no había pobres entre ellos porque…-

- ¡Papi! ¡Papi! Se hace tarde. Ya no puedo llegar tarde o me regaña la maestra- interrumpió astutamente Ana poniéndose en pie apresuradamente gritando a Cinthya. - ¡Mamá! ¡Ya estoy lista! -

-Ya oí, ya oí- dijo Cinthya apareciendo hermosamente vestida con jeans y una blusa blanca. Se despidió con un beso de Samuel mientras le limpiaba con una servilleta las moronas de pan. –Ahí te encargo a tu papá hijo-

Ana corrió a su papá y le dio un fuerte abrazo.

-Papá. Te quiero mucho. No te cambiaría por ningún otro. Te amo papá-

José correspondió el abrazo dándole un beso en la mejilla. Hacía tiempo que Ana no había sido tan efusiva. Eso le gustó, aunque en parte lo sorprendió.

Todos salieron de casa corriendo rumbo a las escuelas. Cinthya y Ana tomaron un taxi. José y Samuel abordaron la camioneta. Después de todo, le tocaba hoy a José ser "el amo de casa". Una vez rumbo al colegio, ambos iban en silencio, pero conectados. Felices. Samuel miró un par de ocasiones por el retrovisor. José notó cierto nerviosismo en su hijo.

- ¿Todo bien campeón? -

-Si. Bueno, es que desde hace unas cuadras atrás me pareció ver que una caribe café viene por el mismo rumbo que nosotros. Casi diría que nos viene siguiendo-

- ¿Cuál? ¿La que viene detrás del Tsuru gris? -

-Si. Esa. Incluso el cuate que viene manejando trae lentes oscuros. No sé. Como que algo no me late-

- ¿Cómo que "late"? Se dice "algo no me parece". Hable bien jovencito-

-Bueno, tú me entendiste. Espero solo sea mi imaginación-

-Descuida hijo. El ángel del Señor acampa alrededor de los que le temen y los protege-

Minutos después, el auto café dio vuelta hacia la derecha en otra calle y salió de su vista. Samuel respiró un poco relajado.

- ¡Que Dios te bendiga y te de mucha sabiduría hijo! Te amo-

-Yo también Papá. Nos vemos al rato- y Samuel se bajó apresurado mientras otros amigos lo saludaban a la distancia.

José vio alejarse a su hijo y luego de suspirar satisfecho, encendió la marcha de nuevo. Aprovecharía para llevar el auto a revisar por fin de ese molesto ruido que Cinthya le había reportado ya desde el mes pasado. Luego, pasaría a hacer algunas compras. Iría a la librería a ver si ya había llegado su libro solicitado y finalmente pasaría por Samuel para llevarlo luego al cine o ir simplemente a casa.

Andrés había invertido más tiempo de lo planeado en la cantina charlando con sus viejos amigos. Era muy listo y ya no se embrutecía. Iba a pasar tiempo. Nada más. Sabía que a su edad no podía seguir gastando dinero ni su cuerpo en ponerse mal. Algunos de sus amigos de infancia pensaron diferente y ahí estaban. Derrumbados en una mesa ante una botella de licor que los miraba en silencio y con desprecio. Los labios morados, la piel oscura debido al daño en el riñón. Incluso algunos más jóvenes que él, lucían ahora más ancianos, más acabados. En vano había querido persuadirlos de detener esa forma de beber porque, además, el protocolo de machos decía que un hombre no le dice a otro hombre cómo vivir su vida. "Eso es de viejas" pensaban en silencio. Morir en el alcohol, suponían, era de auténticos hombres.

Para cuando vio el gastado reloj en la pared, ya eran las tres de la tarde. Escupió en el suelo y se despidió de todos.

- ¡Bueno inútiles, este muñeco se va a otro estuche! -

-No te vayas carnalito. Invita otra ronda y ya. ¿Qué no? -

- ¡Estás idiota! ¡Qué otra ronda ni qué otra ronda! ¡Ya vete a tu casa a bañarte, aunque sea! -

- ¿Para qué? A nadie le importa mi vida. Hasta diosito se olvidó de mí- dijo en tono lastimero Sebastián tratando de contener el equilibrio mientras veía a Andrés con cierto dejo de respeto.

- ¡Qué diosito ni que la chinguiña! ¡Usted mismo debe amarrarse los que tiene abajo del ombligo y ponerse en pie! ¿Qué estás esperando ayuda de los dioses? Somos Aquiles. Los dioses necesitan de nosotros para poder existiendo en este mundo de tercera-

- ¿A poco tú no crees en diosito? ¿En la virgencita? - añadió Silverio haciendo la señal de la cruz al hablar.

- ¿Ves estas manos? Cada que me caí, son las mismas que me levantaron. Nadie más. Yo moví las manos y se movieron. Tu mente es poderosa. Lo que crees, lo consigues. San se acabó- y extendió el billete de doscientos sobre la barra donde aquel español sonrió despidiéndose más o menos complaciente.

Salió y respiró consolado el aire fuera de la cantina. No era que la cantina fuera descuidada. De hecho, era de las mejor cuidadas no solo del barrio, pero además de la Delegación. Sin embargo, para Andrés era como entrar al metro y salir del metro. Era entrar a un submundo donde la vida sucede diferente. Donde el sol nunca entra y los únicos recuerdos del cielo son aquellos que la gente lleva consigo. Salir y respirar otro aire, le resultaba como sea placentero, ideal.

Casi al dar la vuelta, chocó con Rocío. La bolsa del mandado se abrió y todo el interior se dispersó por la banqueta.

- ¡Oh, que la chingada! - espetó Andrés al momento del choque. Pero tan pronto se dio cuenta de Rocío, se apresuró a recoger las cosas.

- ¡Que suerte la mía! ¿No? - preguntó sarcástica la mujer recogiendo sus cosas también. Rocío era una mujer hermosa para su edad. Delgada pero orgullosa de sus canas, solía ir a comprar al pequeño supermercado que estaba a la otra cuadra de la cantina. No compraba mucho, pero lo suficiente para ella y su hija Laura quien era el único familiar cercano que tenía y que la acompañaba en sus más de cincuenta años.

Rocío era la mujer que Andrés nunca pudo llevarse a la cama a la primera proposición. Ella siempre había sabido darse a respetar. Rocío era muy estimada por la madre de Andrés y, de hecho, estuvo presente en el velorio cuando la muerte se la llevó. Quizás por ello Andrés siempre la tuvo en alta estima. Al menos la respetaba. Dos meses antes de conocer a Elvira, Rocío y él estuvieron a punto de darse una oportunidad, pero Elvira llegó una semana antes con sus menos años encima y pronto fue desplazada en la preferencia de Andrés.

-Lo siento. ¡Carajo mujer! Fíjate como caminas-

- ¡Ah, y ahora es mi culpa! ¡Trae acá! - dijo ella arrebatando el tubo de pasta de dientes y los cepillos que Andrés ya tenía en la mano.

La impulsividad de Andrés casi lo hacía aventarle todo en la cara, pero había que admitir que Rocío le inspiraba respeto. Se cruzó la calle y pidió al señor del puesto de frutas que le vendiera una bolsa. Volvió con la bolsa en mano y en silencio depositó todo ahí para luego extender la bolsa a la mujer que lo miraba en silencio.

-Gracias. También fue mi culpa. Venía yo muy descuidada- dijo ella peinando su fleco sintiéndose alagada por el gesto de Andrés.

-Si. Bueno…- y la lengua se le congeló por unos instantes. - ¿Cómo está tu hija? -

-Pues ya mejor. Gracias. Esa mujer me mete cada susto, pero así es esto de ser madre. Ni modo que los deje uno a su suerte. A ver si así aprende que no debe andar de briaga y haciendo loqueras-

-Es la edad. Están chavos y todo se les hace fácil. Así como a nosotros se nos hizo un día-

- ¡Ah, mírala! Ahí viene-

Laura era una joven hermosa. Realmente hermosa. A sus diecinueve parecía una ya una mujer de poco más de veinte. Era una de las chicas más pretendidas de su cuadra. Sin embargo, solo se sabía de un novio que había tenido la oportunidad de pretenderla. Fueron novios por dos años desde sus diecisiete y luego él terminó con ella abruptamente. Era una chica reservada por lo general, aunque cuando solía reunirse con sus amigas Mireya y Romina entonces solía desquiciar a su madre. Vestida combinando un curioso estilo dark con pop, Laura se acercó.

-Hola Má-

- ¿A poco apenas vienes de la escuela? -

-Tuve que…pasar unos apuntes con esta Romina. Ya ves cómo se pone la maestra si no hacemos la tarea-

- ¿Ya saludaste? - interrumpió Rocío incrédula no queriendo discutir con su hija en ese momento.

-Hola- dijo mirando esquiva

Andrés hizo una especie de mueca como saludo.

- ¡Ándale, ayúdame mamacita! - dijo Rocío extendiendo la bolsa a su hija para que le ayudara.

- ¡Pero traigo la mochila! -

- ¡Uy!, ahorita te voy a dar más cosas- replicó la mujer mirando cómplice a Andrés. –Tenemos que irnos. Que estés muy bien Andrés. Cuídate-

Andrés sonrió a medias. El paso de la vida ya no le daba para regalar sonrisas amplias. No obstante, era una de las sonrisas más sinceras que había esbozado en muchos días. De alguna manera, había atracción entre ambos, pero Andrés tenía el mismo temor de comprometerse que siempre lo había acompañado. Sabía que a sus más de sesenta el amor para él era distante pero cada que veía a Rocío algo se movía en su corazón.

El tiempo fue consumiendo la tarde. Andrés caminó hacia el supermercado con la intención finalmente de comprar algunas viandas. El paso por el crucero de aquella gran avenida era obligado. El semáforo tardaba siempre en cambiar debido a la alta afluencia vehicular sobre todo desde las cinco de la tarde en que todos volvían a sus casas dejando las rutinas de la oficina. Andrés seguía pensando en Rocío sin darse cuenta y llegó hasta la zona del crucero. Tuvo que alinearse al resto de los cuerpos que lentamente conformaba una masa diversa de rostros y cuerpos esperando el cambio de aquel indicador luminoso que regía por minutos sus vidas sin poderlo evitar. Andrés miró hacia el otro de la calle viendo al contingente que parecía apostarse como si de un equipo de futbol americano se tratara justo frente a ellos. Le llamó la atención ver a ese joven bien vestido de corbata que de pronto parecía haber quedado hipnotizado. Curioso, buscó el destino final de esa mirada absorta que le pareció incluso exagerada, pérdida. La chica a su lado resultó ser la destinataria. Era sencillamente hermosa. Ligeramente más alta que el promedio de esta ciudad con su metro y sesenta. Finamente delgada. Rostro ovalado y bien cuidado, de entrada, bien maquillado. Ni muy exótico, ni muy descuidado. Su larga cabellera negra brillaba descansando sobre su hombro izquierdo. Esa mujer invertía el tiempo suficiente en un buen shampoo y en una secadora todas las mañanas.

Andrés sonrió dentro de sí pues entendía la razón de la mirada extraviada de ese joven. No era para menos. Era una joven extremadamente bella. Andrés pensó para sus adentros si el joven aquel tomaría el valor de decirle algo. Paciente vio el cambio del rojo al verde cuando todos avanzaron. Bajo la velocidad de su paso. El joven aquel no le quitaba la vista y comenzó a apostar para sí mismo si el encuentro se daría bien.

Era algo evidente que la chica también se había dado cuenta de la mirada en su persona porque aumentó el compás en su cadera e incluso, cuando estuvieron cerca, retiró con cierta coquetería sus lentes.

-Ya se dio cuenta- pensó Andrés aún expectante del paso que el joven daría

Ella y él se cruzaron a centímetros casi frente a frente. Andrés casi veía la escena en cámara lenta y con todo el resto congelado. Sin embargo, el chico titubeó. Ella finalmente solo se sentía orgullosa de seguir causando ese efecto. La apuesta se rompió con el sonido del taxi aquel que quedó a centímetros de la escena.

- ¡Idiota! ¡La dejaste ir! - pensó Andrés ahora molesto por la inexperiencia del muchacho que, descuidado viendo a su musa alejarse, no se dio cuenta que iba a chocar con él. Andrés alcanzó a estirar molesto su brazo creando distancia evitando el impacto.

- ¡Órale baboso! ¡Deja de estar papando moscas! -

-Disculpe. Disculpe señor-

Al llegar al otro extremo de la calle Andrés volteó todavía a mirar al joven enamorado. Siguió con la vista a la chica y le tocó ver cuando su desarreglado novio Hipster llegó.

- ¡Faltaba más! - dijo molesto el anciano. –Ahora se meten con cada fachudo que dan pena. Pero qué bueno. ¡Por menso! Se le hubiera lanzado y a lo mejor otra cosa hubiera pasado. ¡Baboso! - y siguió caminando hasta llegar al Centro Comercial.

José puso la alarma y descendió para tomar luego las escaleras eléctricas llegando a la zona de planta baja donde ríos de gente se movían de un lado a otro. Algunos sonriendo, otros corriendo. Parejas tomadas de la mano. Otras cargando niños. Otras más distantes, ajenas uno al otro, pero juntas por la costumbre, la rutina, el deber de ir a comprar el mandado. José pensó en Cinthya. Ciertamente la amaba. Llevaban más de 10 años casados y seguía suspirando al pensar en ella como si fuera un adolescente. Miró su reloj pues pronto tendría que reunirse con su hijo. Sacó la lista de compras de su bolso trasero en el pantalón y tomó un carrito para entrar después a la tienda.

Andrés y José iban tan metidos en sus pensamientos que no repararon que habían tomado el mismo carrito. José por delante y Andrés por detrás, jalaron al mismo tiempo. Ambos levantaron la vista y vieron hacia el otro extremo de la fuerza de resistencia.

- ¡Es mío! - dijo Andrés cual niño de preescolar frunciendo el ceño

- ¡Todo suyo! - dijo José amable soltando de su lado

Tomando otro carrito, José se internó entre los pasillos. Recorrió desde las sopas y pastas hasta los neumáticos y fertilizantes. Siempre se daba el tiempo de curiosear, aunque no comprara nada. Luego de treinta minutos avanzó hacia la caja número quince. A unos momentos de llegar, reparó que había dejado la cartera en la guantera del auto. Suspirando se retiró de la fila. Por fortuna había metido la tarjeta de crédito en la bolsa trasera del pantalón.

Caminó pesadamente hacia el cajero que se encontraba afuera de la tienda mientras dejaba el carrito cerca de la zona de electrónica. Al llegar, ahí estaba Andrés retirando dinero cubriendo con su brazo la pantalla lo más posible para evitar mostrar su NIP. El cajero no gozaba de buena luz y los ojos cansados de Andrés se esforzaban por confirmar cada tecla que escribía. José no reparó en más y tomó su lugar en la fila esperando.

-Disculpe, ¿le falta mucho? - preguntó José luego de cinco minutos en que Andrés no podía ver ya con claridad las teclas desgastadas del cajero aquel y tomaba más tiempo de lo normal.

Apenas unos instantes después, llegó un sujeto regordete alto con chamarra de piel acompañado de un joven moreno igualmente de ropa descuidada. Se colocó detrás de José y mirando de un lado a otro sacó de entre sus ropas una pistola para luego abrazarlo simuladamente.

- ¿Qué onda? ¿Cómo estás? - y su amplio brazo acordonó a José como una boa a un ratón quien trató de forcejear, pero se detuvo intimidado cuando sintió el cañón de la pistola en sus costillas. –Quieto papá o te meto un plomazo aquí mismo-

Andrés alcanzó a escuchar y discreto miró por el plástico del cajero usándolo como un espejo retrovisor. Haber crecido en la calle le había agudizado los sentidos y esto no era la excepción.

Justo en ese momento el cajero devolvió los billetes a cambio del NIP correcto lo cual inquietó más a Andrés pues se apresuró a retirar de una vez lo de toda la quincena de su pensión sintiéndose seguro en esa plaza. El joven delgado se percató de ello y avanzó hacia Andrés quien ansioso metía el dinero dentro de sus pantalones.

- ¡Ya lo tenemos! ¡Vámonos! - dijo el de chamarra sin soltar a José

-Espera, espera. Hoy estamos de suerte. Dos por uno-

Andrés apretó los puños dispuesto a lanzar el primer golpe, pero el joven le puso la navaja justo en el cuello donde Andrés sabía el corte de la yugular era inminente.

- ¡Órale ruco! ¡Muévete! - y lo jaloneó con ellos.

Todo se conjugó en esa tarde gris. La iluminación débil de la zona del cajero, el foco fundido que alumbraba ese pasillo. La poca afluencia de gente y la ausencia total de algún vigilante.

A pasos apresurados los cuatro llegaron al estacionamiento donde una camioneta blanca ya los esperaba.

- ¿Y ese otro? ¿Quién es? - dijo nervioso el conductor abriendo la puerta trasera

- ¡Tú arranca, ahorita te explico! -

Andrés y José entraron al interior de la camioneta donde ya los esperaba una cuarta persona con un pasamontañas apuntándoles con una pistola.

- ¡Ni se quieran pasar de listos porque me los chingo! -

Los dos se vieron uno al otro en silencio como pidiendo respetar la instrucción por el bien de ambos.

La camioneta abandonó el centro comercial y se incorporó muy pronto sobre Tlalpan para partir hacia el Sur. Al interior, el regordete de chamarra de piel y la persona con el rostro cubierto les pusieron bolsas negras en la cabeza a José y Andrés además de sujetarles las manos con cinta canela.

- ¡Por piedad! ¡Nos vamos a ahogar! - suplicó José cuando la bolsa se puso sobre su cabeza

- ¡Cállate puto! - y el puñetazo se incrustó del lado derecho de su rostro golpeando directamente la nariz. Momentos después, una mano rompía la bolsa a la altura de la boca creando un espacio para que pudieran respirar.

- ¿Tú también sientes que te ahogas wey? - le dijeron a Andrés quien no hizo ningún movimiento y espero a que igualmente hicieran el orificio en su bolsa.

- ¡Vas! A darles báscula- ordenó el encapuchado quien parecía ser el jefe del grupo.

-El ruco de negro trae dinero en los pantalones- avisó desde el asiento del copiloto el delgado aquel

Andrés tuvo el reflejo de agitar las piernas, pero fue obligado a ceder con el manoseo aquel que finalmente sacó los billetes de su entrepierna.

- ¡Míralo nada más! Como las viejitas nomás que este como no tiene chiches, se los mete en los gumaros. ¡Ja, ja, ja, ja, ja, ja, ja, ja! -

- ¡Ja, ja, ja, ja, ja! - rieron todos burlones

- ¿Qué tal? Cinco mil lanas. Pinche viejito, bien calladito que se veía-

Andrés no veía nada cubierto por la bolsa que ya comenzaba a agitarle y causarle un sudor extenso, pero dentro de sí sentía una rabia que lo hizo temblar. Impulsivo, espetó sin medir consecuencias.

- ¡Vas y chingas a tu puta madre culero! -

- ¿Qué dijiste hijo de la chingada? ¡Buitre! ¡Oríllate en ese parque de ahí en frente! - ordenó el regordete. - ¡Ahorita le vamos a partir su madre a este pinche ruco que se siente muy verga! -

- ¡No organices! Yo digo cuando se para esta madre. ¡Síguete Buitre! - y pegó en un costado de la camioneta haciendo señal de seguir.

El regordete se sometió, pero no sin antes darle un fuerte puñetazo a Andrés quien como no se lo esperaba, rebotó contra la pared de la camioneta para caer pesadamente de lado. La falta de aire por la bolsa y el golpe le hicieron perder el conocimiento.

-Ya te desquitaste. ¿Ya estás contento? Ahorita que lleguemos, haces más panchos-

La camioneta detuvo su marcha. Se oían ladridos de algunos perros como ambientación. Eso hizo suponer a Andrés que se encontraban en alguna zona popular de la ciudad. Iztapalapa o Ecatepec. Pese a no ver nada por la bolsa, abrió los ojos recuperándose. La boca le sabía a metal. Era obvio que se trataba de su propia sangre. Mojó sus labios lo más que pudo y trató de sentarse de nuevo. Apenas lo había logrado, se escucharon abrirse las puertas de la camioneta. Sin decir nada, pero a punta de puros jaloneos, fue conducido por lo que supuso era un garaje y luego por un pasillo hasta el interior de una casa. Alguien más iba detrás de él porque podía ver los pies apresurados hasta donde la bolsa le dejaba ver. Al llegar a un punto de la casa, fueron empujados sin reparo dentro de una habitación. Andrés cayó incómodamente en el piso y luego cuando menos se lo esperaba, otro cuerpo cayó encima de él. Era José que con su vientre tapaba la cabeza de Andrés quien prefirió permanecer sin moverse.

- ¡Ahí se quedan culeros! ¡Al rato venimos por ustedes! Nomás no fajen mucho- y se oyó el cerrar de una puerta a la que ajustarían luego con una cadena.

Ambos se quedaron quietos en silencio cerca de diez minutos hasta que Andrés casi acalambrado tomó la palabra casi susurrando.

- ¡Oye, oye! Trata de levantarte. Se me está acalambrando la pierna-

- ¿Y si nos matan? -

- ¡Ya se fueron! ¡Me vas a matar tú a mi si no te paras! -

- ¡Esta bien, está bien! - y como pudo, José se movió quitándose de encima de Andrés

- ¡Uta madre! ¡Estoy sudando como un perro! ¡Maldita sea! -

- ¿Quién eres? -

-El pendejo que fue a sacar lana del cajero en el peor momento para hacerlo-

-Yo me llamó José. No entiendo quién es esta gente. No sé porque nos secuestraron. ¿Eres empresario o algo así? - preguntó nervioso José desde su incómoda posición.

- ¿Yo qué fregados voy a saber? Soy un perro como tú. Si fuera empresario no andaría comprando en el súper sino en Miami como Diputado o Senador-

Ambos guardaron silencio cuando escucharon a un perro ladrar cerca de donde estaban. Les pareció oír algunos pasos acercarse y se quedaron lo más inmóviles que pudieron.

En efecto, la puerta se abrió, la cadena se oyó caer. Alguien entró. Ambos sintieron angustia. No sabían si serían golpeados o llevados de nuevo a otro lugar.

- ¡Van a cerrar los ojos! El que los abra, se muere- dijo una voz femenina de entre veinte y veinticinco años.

Cuando le retiraron la bolsa a José, se encontraba hecho un mar de sudor. La sangre se comenzaba a secar cerca de su nariz. Las manos aquellas le pusieron una tela alrededor de los ojos y la ajustaron a la altura de la nunca.

-Por favor. No hemos hecho nada a nadie…- suplicó José

La chica hizo caso omiso y pasó ahora con Andrés con quien hizo lo mismo.

-Agua. Por favor, dame un poco de agua- fueron las palabras de Andrés cuando la tela en sus ojos no le dejaba ver de nuevo nada.

Escucharon como la chica se llevaba las bolsas consigo y se alejaba. Volvió luego de unos momentos y acercó agua en una tinaja de lavadero primero a Andrés quien comenzó a beberla como un gatito hambriento mientras el líquido le escurría por el cuello.

- ¡Gracias! Muchas gracias-

La chica avanzó ahora hacia José a quien también dio agua.

- ¡Gracias! Dios te bendiga-

La mujer abandonó la habitación ajustando la puerta y haciendo sonar de nuevo la cadena.

Ambos se quedaron en silencio de nuevo por un buen tiempo. Pensaron todo. Temieron todo. Creyeron todo.

CAPÍTULO 3

ENFOQUES

"Aunque no gustaba de vestir atuendos femeninos, era el tipo de homosexual neoyorquino que no perdía su vestimenta masculina pero cuyos ademanes y gesticulaciones terminaban confirmando su preferencia sexual. Felipe había conocido a Samuel desde el primer año."

Felipe se puso de pie y avanzó hacia el pizarrón. Sabía dentro de sí que no había estudiado lo suficiente, pero quedarse en su lugar sería aceptar socialmente que no era capaz de asumir sus consecuencias. Tragando saliva y con el rostro serio tomó el gis y se dispuso a intentar escribir algo a lo menos. Tal vez haría algo de tiempo en lo que las ideas le venían a la mente. En ese momento sonó su teléfono. Volteó a ver al maestro como pidiendo permiso de contestar. Sabía que el profesor Romualdo solía recoger los celulares y no devolverlos hasta el día siguiente. El profesor lo miró incrédulo sin decir nada. El tono del teléfono fue subiendo de volumen y además comenzó a vibrar.

-El teléfono señor Pérez- y extendió la mano

Haciendo una mueca, Felipe sacó el teléfono de la bolsa derecha de su pantalón y lo extendió con renuencia al maestro no sin antes poner atención que la pantalla anunciaba que la llamada entrante procedía del número de su mamá.

- ¿Puedo contestar antes? -

- ¡El teléfono, ahora! - ordenó el hombre de lentes impacientes. Lo tomó en su mano y se cruzó de brazos haciendo una seña a Felipe de volver al pizarrón. Reclamarle era en vano. El profesor Romualdo era de la vieja escuela. No cedía tan fácil y estaba dispuesto a llegar a la Dirección de ser necesario. Pero como el teléfono siguiera sonando, el profesor acomodó sus lentes sobre su nariz y miró la pantalla. Se dio el lujo de responder.

- ¿Si? Diga-

- ¿Quién habla? ¡Necesito hablar con mi hijo por favor! ¡Es urgente! -

Meditando si se trataba de un truco, Romualdo extendió el teléfono al estudiante.

-Le habla su "mamá" dice el teléfono-

- ¿Qué onda Ma? - respondió Felipe para luego quedarse congelado mientras su piel se puso blanca. Romualdo se dio cuenta junto con el resto de la clase. –Si. Está bien- terminó la llamada en silencio y como saliendo del planeta, caminó hacia su lugar de donde tomo la mochila y sin decir palabra caminó hacia la puerta aturdido ante la mirada de todos sus compañeros.

- ¿Qué pedo con Felipe? -

- ¡Lo van a reprobar! -

- ¡Wey, no mames! -

- ¡A ver, a ver, a ver! ¡Silencio todos! - ordenó el profesor caminando hacia la puerta donde alcanzó a detener a Felipe sujetando su hombro. - ¿A dónde va jovencito? Si sale por esa puerta, está reprobado-

-Si… está bien- balbuceó y luego salió por la puerta con la mirada pérdida. Romualdo alzó las cejas y en silencio volvió al escritorio. Los murmullos en el salón no cesaban.

- ¿Alguien es amigo de Felipe? - preguntó el profesor

- ¡Si! ¡Yo! - dijo María poniéndose de pie

-Creo que será mejor que vaya con su amigo y vea si está bien-

- ¡Yo también soy su amigo! -

- ¡Y yo! - dijeron otros en son de broma tratando de eludir el examen

- ¡Silencio todos! ¡Gómez Sánchez! ¡Al pizarrón! -

María salió del salón apresurada buscando con la vista a su amigo. Alcanzo a verlo al final del pasillo a punto de bajar las escaleras y corrió lo más que pudo.

- ¡Felipe! ¡Felipe! - y finalmente lo alcanzó. En efecto, llevaba la mirada perdida y se detuvo como un zombi cuando ella lo sujetó por los brazos. - ¡Wey! ¿Qué tienes? ¿Qué pasó? - dijo agitándolo para sacarlo de su estupor.

-Lo…el papá de…está…- trataba de articular palabra mirando a María quien comenzaba a sentirse realmente frustrada.

- ¿Qué Felipe? ¿Qué? -

-Secuestraron al papá de Samuel- y se sentó pesadamente en el piso

- ¿Qué? ¡No manches! - respondió María quedándose congelada con Felipe a sus pies.

Los jóvenes seguían yendo y viniendo en las escaleras de la Prepa Cuatro de Tacubaya así que, ajenos a lo sucedido, veían con extrañeza a los dos amigos sin ocultarles caras de descontento al pasar junto a ellos mientras obstruían el paso mientras ellos se quedaron petrificados unos momentos sin importarles lo que sucedía alrededor.

María reaccionó y aún pálida tomó a Felipe de los brazos obligándolo a ponerse en pie. Se sentaron a un lado en una de las bancas de madera gastada que aun sobrevivían.

- ¿Cómo estuvo? ¿Cómo supiste? -

-Me llamó Ana. Me dijo que hace unos minutos les llamaron del celular de su papá para pedir un rescate. Me quiso avisar por si llamaban a alguien más de la lista de contactos. Todos ellos ya estaban pidiendo ayuda a la policía y creo que buscando dinero-

- ¡Que cañón! No lo puedo creer. En este país todo le pasa a la gente buena. Y los corruptos y traidores como si nada. ¿Cómo está Samuel? -

-Ya te imaginarás. Destrozado. Creo que iré a buscarlo. Se salió de clase cuando su mamá le llamó-

-Te acompaño. Vamos-

Los dos jóvenes salieron de la escuela y abordaron el microbús que los llevaría hacia el metro. Algunas miradas despectivas para Felipe, pero él ya estaba acostumbrado. Llevaba poco más de tres años de haberse declarado gay abiertamente. Aunque no gustaba de vestir atuendos femeninos, era el tipo de homosexual neoyorquino que no perdía su vestimenta masculina pero cuyos ademanes y gesticulaciones terminaban confirmando su preferencia sexual. Felipe había conocido a Samuel desde el primer año. No había ocultado haberse enamorado de él desde la primera ocasión que lo conoció al compartir la misma clase de química.

-Hola. ¿Está ocupado? ¿Me puedo sentar aquí? - preguntó Samuel colocando su mochila sobre el asiento mientras Felipe lo veía en silencio.

-Adelante, adelante. Todo tuyo- respondió Felipe con cierta emoción. Lo había visto desde que entró al salón. Trató de disimular y fingía estar viendo si el maestro se dignaría llegar a la clase.

Su sorpresa fue grande cuando lo vio acercarse. Samuel ignoraba por completo que Felipe lo venía mirando desde su ingreso al recinto.

- ¿Tiene mucho que el maestro no ha llegado? - preguntó Samuel sonriente sacando sus libros y cuadernos

-Pues algo, sí. De todos modos, este maestro tiene fama de impuntual. Me llamó Felipe- y le extendió la mano sin poder evitar una gran sonrisa y brillo en sus ojos.

-Hola. Yo soy Samuel- respondió el joven dándose cuenta de cierta coquetería que minimizó cortésmente con una sonrisa amplia y luego poniendo la mirada en los cuadernos.

Desde entonces Felipe buscaba hacerle plática o estar en los equipos en que Samuel estuviera. El resto de los compañeros no tardó en darse cuenta de la forma particular de ser de Felipe y comenzaron los comentarios, chistes y rumores varios. Felipe solía juntarse con las chicas del salón y ellas correspondían a su amistad como si se tratase de otra chica. En ese sentido, la aceptación de las mujeres a los chicos gay es conocida, con poca fricción. Entre los varones del grupo las cosas fueron al contrario en un principio. Sobre todo, cuando Enrique Vela comenzó a convertir a Felipe en la mayoría de sus chistes.

- ¡Pasa el balón! - decía Enrique mientras jugaban con un balón de americano dentro del salón haciendo pases. Solían hacerlo así porque si lo hacían en los pasillos, los profesores o prefectos solían quitárselos y llevarlos a Dirección. En el salón al menos podían poner a alguien en la puerta para que vigilara cuando alguien venía.

Luis y Oscar eran los dos amigos que completaban el trio de chicos "malos" del salón. Enrique hizo señas de que Luis le mandara el balón sabiendo que Felipe estaba en medio de ellos y podría darle. Sonriendo con malicia, siguieron lanzando hasta que el balón llegó finalmente al destino esperado. El rostro de Felipe recibió el impacto del golpe haciéndolo responder.

- ¡Ay baboso! ¡Ten cuidado! - dijo con expresión femenina tratando de recoger sus cuadernos mientras las chicas con quienes platicaba también mostraban enojo.

- ¡Fíjense! -

- ¡Ay baboso! - repitieron burlones los tres amigos riendo

- ¡Tú las traes mana! -

- ¡Escudo de poder! ¡Me protejo, me protejo! -

Algunos de los otros compañeros se unieron a la risa. Felipe apretó la mandíbula remojando su labio visiblemente molesto por los comentarios y las risas. Haciendo uso de valor, recogió el balón y luego lo lanzó a un rincón del salón.

Enrique se sintió desafiado y lo encaró.

- ¿Qué te pasa putito? -

Felipe detestaba que la gente lo llamara así y eso le dio más valor.

- ¡Me pasa nada idiota! ¡No me vuelvas a llamar así! -

- ¿Cómo? ¿Puto? ¿Así? ¿No te digo puto, puto? -

Todos notaron la tensión y comenzaron los susurros y las risas burlonas que presentían una pelea. Elizabeth trató de persuadir a Felipe de que se alejara tomándole del brazo.

- ¡Ya Félix!, vente. No les hagas caso-

Cuando Felipe dio la vuelta para alejarse, Enrique supo que era el momento de agredirlo y le dio un golpe en la costilla derecha haciéndolo caer sobre su costado.

- ¡A mí no me das la espalda putito! -

Samuel saltó de su pupitre y dio un certero puñetazo en la boca del abusivo Enrique quien cayó pesadamente des espaldas sobre una banca. Luis y Oscar se acercaron presurosos a defender a su amigo, pero fueron recibidos con certeros puñetazos que los hicieron retroceder también.

- ¿Está bien? - preguntó de reojo Samuel mientras las chicas ayudaban a Felipe a ponerse en pie.

-Sí, ya lo estamos viendo-, respondió Claudia quien auxiliaba a Felipe

- ¿Es tu novio o qué pedo pinche Samuelito? - increpó Enrique con el labio escurriendo de sangre.

-Simplemente no me gusta que abusen de las personas. Es eso- respondió Samuel con la guardia puesta.

- ¡Es un pinche joto nomás! ¿Por qué lo defiendes? - reclamó Oscar levantándose luego de aquel derechazo en el pómulo que lo había hecho ver un par de estrellas.

-Es una persona, sobre todo. Eso es lo que es. Si no tienes la capacidad de verlo, entonces estás ciego con todo y todo- respondió Samuel convencido y afirmado también por las enseñanzas de amor que su padre le habían inculcado. Otros compañeros se unieron y apoyaron también haciendo comentarios y reclamos al trío que comenzó a sentirse rodeado y apenado. Enrique como el líder de la palomilla tomó la iniciativa y caminó hacia la puerta no sin antes voltear a ver a Samuel y lanzarle la más rencorosa de sus miradas amenazándolo.

- ¡Te vas a acordar de esto pinche Samuel! -

- ¡Pues de una vez recuérdaselo y dense un tirito! - sentenció María como la mejor amiga de Felipe - ¿Qué? ¿Tienes miedo? ¿Solo te pones sabroso con quienes sabes que no te hacen nada? - culminó furiosa.

- ¡Tú cállate pinche loca! ¡Te vas a acordar de mí Samuel! ¡A ver si tu diosito te la cura! - y salió del salón seguido de los otros dos.

Cuando ellos salieron, todos aplaudieron el gesto de valentía de Samuel quien tímido comenzó a calmarse también y evadió la atención para acercarse a Felipe quien estaba en una banca reponiéndose del golpe, pero profundamente sorprendido del acto heroico de su compañero. Ciertamente desde que había decidido mostrarse homosexual al mundo, nadie había tenido un gesto semejante sino por el contrario, solo había encontrado burlas y enojos. Felipe estaba completamente asombrado. Si antes se había sentido atraído por él, ahora sentía estar enamorado.

- ¿Estás bien? Creo que debiéramos ir a la enfermería- preguntó sonriente Samuel

-Yo…estoy bien, gracias. Muchas gracias por defenderme. Yo…-

-Tranquilo. Todos tenemos que cuidarnos entre todos. Vi que te molestaron, pero cuando te dio por la espalda, me dio mucho coraje. Fue algo muy cobarde. De por sí tú no eres de pleito y que te hagan eso pues, no checa-

-Pero tú tampoco eres de pleito. Eres cristiano ¿no? - preguntó Claudia

-Sí, lo soy. Pero tampoco me gustan las injusticias. Felipe no le estaba haciendo nada. Esos chavos son muy manchados de por sí-

- ¡Buenas tardes jóvenes! - interrumpió el maestro de historia entrando al salón. - ¿Qué tanto borlote se traen? Pasen a tomar sus asientos que la clase va a comenzar- sentenció. Antes de que se dispersaran de nuevo a sus lugares, Felipe alcanzó a tomar la mano de Samuel y la apretó en un gesto de gratitud.

-Muchas gracias Samuel-

-De nada Félix. Cuídate- y todos tomaron sus lugares.

Desde entonces Felipe se volvió admirador pleno de Samuel. Era evidente que estaba enamorado de él, pero mantenía la distancia porque temía su rechazo y sobre todo porque conocía de sus convicciones de fe. Enrique y su grupo dejaron de molestar en apariencia a Felipe y nunca más volvieron a dirigirle la palabra a Samuel. Finalmente, convivían en el salón por mera necesidad estudiantil. Samuel, fiel a sus principios, nunca dio pautas a rencores o indirectas. Trataba de llevarse bien con todos. Siempre hablaba de lo mucho que su papá los cuidaba y amaba. De lo orgulloso que se sentía de tener un padre como el que tenía. Enrique atesoraría en su alma ese conocimiento con la herida de su labio cicatrizando, pero, sobre todo, con la herida de su orgullo rebelde y de macho. Felipe por su parte, cada vez sentía más atracción por su compañero. Su única confidente era María. La misma María que lo conocía desde que iban en secundaria. La misma María que había estado ahí cuando su tío Leobardo abusó de él y Felipe quiso suicidarse.

- ¡Me violó! ¡El hijo de su pinche madre me violó! - rompió en llanto llevándose las manos a la cabeza cerrando los ojos queriendo morir.

María lo abrazó y lo contuvo. No sabía qué decirle, pero como mujer sabía la terrible humillación de ser forzada a tener sexo con quien no se desea. Ella también había sido víctima de violación justo a los doce años. Un año atrás antes de que su padrastro los abandonara a ella y su mamá.

- ¡Me quiero morir María! ¡Me quiero morir! - gritaba Felipe tratando de escapar del abrazo. María luchaba por separar sus recuerdos del momento actual y respiraba presurosa para enfocarse. Quería ayudar a su amigo en ese momento más que cualquier otra cosa en el mundo.

- ¡Wey! ¡Estoy aquí! ¡Estamos juntos! - decía mientras mantenía sus brazos rodeando al confundido adolescente.

- ¡Suéltame! ¡No valgo nada! ¡Quiero morir! ¡Quiero morir! ¡Vete! -

María tomó aire y sujetando el rostro de Felipe con fuerza lo miró a los ojos con determinación.

-Felipe… ¡Felipe! Escúchame cabrón. No me voy a ir de aquí. Estamos juntos. Estoy contigo. Estoy contigo Felipe…-

Los ojos rojos de tanto llanto del joven miraron tímidamente a María

-Tengo mucho miedo…ciento mucho asco de mí mismo amiga… ¿por qué? ¿Por qué? -

María temblaba luchando aun por contener la avalancha de recuerdos y el deseo de apoyar a su amigo. Las lágrimas brotaron también por sus ojos cortándole la voz.

-Wey…tú sabes que…yo también…yo también sé lo que son estas pendejadas…lo sabes Felipe…no te dobles wey…no te rompas. Estoy aquí…contigo…estoy aquí…te quiero Félix…te quiero-

Felipe miró en silencio a la joven trayendo a su memoria cuando precisamente un año atrás ella le había confesado que su padrastro había abusado de ella. Recordó que su única reacción fue abrazarla. No le dijo nada más y la abrazó. Ahora que por un extraño destino los papeles se habían invertido, Felipe comprendía la profundidad, la importancia de un abrazo en medio de los momentos más difíciles en la vida. Dejó de luchar con ella y la abrazó también. La sangre que escurría del brazo izquierdo de Felipe se impregnó en el negro cabello de ella al corresponder el abrazo. Ambos lloraron en silencio con sus frentes una sobre la otra. Sus lágrimas se mezclaron, pero eso no importaba. Una delgada y silenciosa cuerda une los destinos de ciertas personas sin saberlo. Sin siquiera buscarlo.

Cuando ambos se calmaron, se soltaron poco a poco. El suelo del baño estaba lleno de sangre. De fortuna María había llegado a casa de Felipe justo treinta minutos luego de que el tío de Felipe hubiera salido de la casa. En su prisa, descuidó cerrar con seguro la puerta. María había ido a llevarle a Felipe un CD que le había comprado como sorpresa por acercarse la fecha de su cumpleaños. Sabía que los fines de semana Felipe iba a ayudar a su mamá a trabajar al tianguis y no lo vería sino hasta el lunes en la escuela. Quiso adelantarle la celebración. Al llegar, iba a tocar la puerta cuando vio que la puerta no estaba totalmente cerrada y eso le pareció extraño. Con timidez, decidió pasar.

- ¿Hola? ¿Félix? ¿Señora Lupe? ¿Hay alguien ahí? -

María temía toparse con el tío de Felipe pues desde que lo conoció le pareció una persona muy desagradable, falsa y chocante. Siempre tenía deudas y desde que se había ido a vivir "temporalmente" a casa de Felipe siempre veía tensa a la señora Lupe y desde luego, a su amigo. Felipe decía que su tío era raro y temía que se metiera drogas. Le habían adaptado un pequeño cuarto de trebejos como cuarto de huéspedes. Pocas veces cooperaba para los gastos de la casa, pero siempre llegaba puntual a la hora de la comida luego de desaparecerse toda la mañana supuestamente luego de andar buscando trabajo. Al menos eso decía.

La joven avanzó a la sala con cierta reserva. Aunque era amiga de la familia, no quería que pensaran que estaba siendo abusiva en tomarse confianzas, pero no recibir respuesta de nadie la inquietaba. Llegó a la cocina y doña Lupe no estaba ni tampoco su bolsa de mandado. Seguramente habría ido a comprar viandas. Salió de ahí y avanzó al cuarto de Samuel. Vio su mochila y sus zapatos y supo que tendría que estar ahí. No pensó en otro lugar, pero el baño, así que avanzó hasta ahí. La puerta cerrada y el enorme silencio la hicieron pegar la oreja en espera de identificar algún sonido que le diera una pista de su amigo.

- ¡Toc, toc! ¿Estás ahí Félix? ¿Estás cagando? - preguntó pícara sin poder contener la sonrisa. Tocó con los nudillos un par de veces y no obtuvo respuesta y decidió esperar un par de segundos, pero como los instantes pasaran y no escuchaba nada, intentó de nuevo.

- ¡Wey! Ya deja de estártela jalando. Un día te va a cachar tu mamá- Ante la falta de respuesta se intrigó. Volvió al cuarto y levantó uno de los zapatos. Venció el asco y midió con sus dedos que el interior estaba aún tibio. No hacía mucho que Felipe se los hubiera quitado. Regresó a la puerta del baño e insistió de nuevo con más fuerza.

- ¡Félix! ¡Ya wey! ¡Ya sé que estás ahí! Si me quieres espantar como la otra vez en el recreo, no te va a salir. Ya me la sé. ¡Ya, abre! Te tengo una sorpresa- pero el silencio reinaba. Eso desconcertó a María quien intencionalmente había dicho "sorpresa" pues sabía que su amigo era propenso a regalos y que le dieran sorpresas y pocas veces se resistía ante esos avisos. Venciendo la incertidumbre, se agachó y comenzó a ver por debajo de la puerta forzando la vista lo más que podía tratando de percibir al interior. Sus ojos se abrieron llenos de asombro cuando alcanzó a reconocer el cuerpo posiblemente desmayado de su amigo. Se levantó de un salto volteando a todos lados como queriendo pedir ayuda.

- ¡Félix! -

Corrió hacía la puerta queriendo encontrar a la señora Lupe o ir queriendo salir y gritar por ayuda, pero se regresó al baño suponiendo que sería mejor ayudar a su amigo si estaba en problemas. Forcejeó con la manija de la puerta de manera desesperada.

- ¡Félix! ¡Félix! -

Finalmente decidió que no tendría otra opción, pero romper el cristal empañado para poder abrir la puerta desde adentro. Fue corriendo a la cocina y tomó aquel complemento de molcajete que la señora Lupe siempre tenía a la mano para preparar sus salsas. Regresó corriendo y sin dudarlo ya, golpeó el cristal que cedió ante el impacto haciendo un orificio. Se asomó y vio a Felipe a la orilla de la regadera inconsciente con sangre en el cuerpo.

- ¡No mames! ¡Felipe! - y entró al baño arrojándose al lado de su amigo sacudiéndolo y dándole ligeras bofetadas en el rostro para que reaccionara. La sangre escurría lentamente por el brazo izquierdo. - ¿Qué hiciste pendejo? ¿Qué hiciste? - y tomando una toalla la colocó sobre el brazo de Felipe haciéndole un torniquete cerca de la cortada para contener la salida de más sangre.

Cuando los dos estuvieron más tranquilos, se apartaron y María le sonrió a su amigo.

-Todo va a estar bien wey. Todo va a estar bien-

Felipe vio a su alrededor y se apenó.

-Ya te ensucié tu ropa de sangre Mari. Perdóname…-

- ¡Perdóname madres! Vas a tener que lavar esto en tintorería- respondió bromista. –Tenemos que ir de volada al doctor antes de que pierdas más sangre. Ahorita tomamos un taxi y nos lanzamos. Le dejamos un recado a tu mamá o le hablamos en el camino-

Años después, María seguía ahí: A lado de su mejor amigo y curiosamente su amor secreto. Nunca habían hablado de nada, pero ambos eran ese tipo de gente extraña que se conoce desde niños y están ahí, uno para el otro. Felipe había sido el primer hombre en darle un beso. Cierto, fue un beso "de piquito" pero al final, el primer beso en la vida de María y ella nunca había podido sacarse la mirada tímida de Felipe cuando se besaron. Ella creía que la consumación de su noviazgo sería solo cosa de tiempo. Sucedió lo del tío y sus vidas se unieron más. Ella estaba completamente dispuesta a amarlo y acariciar cualquier de sus heridas. Pero justo en el primer bimestre de Prepa, Felipe decidió que quería ser gay. Cierto es que, aunque el incidente con el tío había sucedido en primer año de secundaria, él cambió mucho desde el segundo año. Había comenzado a mostrar atracción por otros jóvenes de su mismo sexo y eso se fortaleció cuando en tercer año llegó Alán. Ese muchacho de excelentes calificaciones y buen gusto al vestir pero que todos suponían era homosexual por su forma de andar y hablar. Al parecer, en uno de los convivios de fin de cursos de segundo año, y bajo el calor de las copas, Felipe y Alán se besaron. Fueron novios en secreto durante todo tercer año. Alán se movió de residencia junto con sus padres a Guadalajara y nunca volvió a ver a Felipe quien para entonces ya daba por hecho que su preferencia sexual era ser gay. María respetó su decisión, aunque en el fondo seguía enamorada de él. Suspiraba en silencio cada que su amigo le contaba que tal o cual chico le gustaba.

-Ya me decidí amiga. Lo voy a hacer- dijo emocionado Felipe peinándose el fleco mientras se veía en su espejo de bolsillo.

- ¿Ya te vas a bañar por fin? ¡Ya era justo! - y rio María.

- ¡Pendeja! Me baño más que tú. Hablo de que le voy a decir a Samuel que me gusta y bueno, chance y algo pasa-

-No sé wey. No creo. Ese chavo hasta donde sé es cristiano. Sus papás también. ¿Has pensado en eso? - preguntó María un tanto habituada a ese tipo de confesiones

- ¿Pues no que Dios es amor? Además, ya hay muchas iglesias modernas en estos días. Uno de mis amigos asiste a un templo en Zapopan donde todos son gays y también pueden ser cristianos. ¿Lo has visto? El chavo está como quiere. ¡Es mi héroe! -

María rascó su cabeza sin despegar los ojos del libro sobre el que hacía apuntes en la biblioteca. –No sé Félix. Creo que no estoy segura de que ese chavo y tú…bueno…puedan llegar a algo. Se ve que es buena onda y me late porque no es clavado ni se la pasa exorcizando a todo mundo. Y sé que te defendió, pero, bueno, él mismo dijo que lo hizo como eso: Como una buena onda. No sé. Llévatela leve. No me gustaría que te lastimaran…-

-A lo mejor no sabe que también tiene su lado femenino activo. Si le doy una "manita" …tú sabes…- sonrió pícaramente sabiendo que María entendía el doble sentido de su expresión. –Hace rato que ya no ando con nadie y ya estoy que merezco. Total, esto del amor y los sexos es cuestión de enfoques. Todos tenemos derecho al amor, a la vida- concluyó ante el silencio de María.

En efecto, tres días después Felipe planeó todo cuidadosamente sabiendo que se realizaría el convivio de fin de cursos antes de las semanas de exámenes de ese segundo año. En medio de la fiesta en casa de Armando, Felipe no perdía de vista el momento de acercarse a Samuel. La música electrónica, las risas y las charlas inundaban la sala de aquella casa en Polanco. El humo de cigarro creaba una capa que rozaba los globos rojos y blancos con que la hermana del anfitrión había decorado con tanto empeño. Todos sonreían y brindaban por el año y las calificaciones obtenidas. Para bien o para mal, incluso Enrique, Oscar y Luis habían sido invitados.

- ¿Quieres bailar? - preguntó Alberto acercándose sonriente donde María y Felipe charlaban con otros muchachos.

- ¡Ándale pillina! ¡Ve a bailar! - dijeron todos y ella accedió entre risas y empujones.

- ¡Esta canción me gusta mucho! - dijo Alberto casi gritando por lo alto del volumen

- ¡A mí también! - respondió ella acercando su oreja.

Bailaron felices y al terminar, justo en ese momento una canción romántica ("Some one like you" de Adele) llenó la habitación.

-Bueno, ya se pusieron fresas- dijo María a punto de alejarse. – Gracias por la canción. Bailas muy bien-

-No, espera- dijo Alberto tomando la mano de la chica quien se quedó congelada. –Bailemos esta también. Por favor-

María accedió y ambos se abrazaron al compás de un vals inexistente solo tratando de darle forma al baile de la melodía. Alberto acercó discretamente sus manos a la cintura de ella acercándola un poco más. Ella pudo percibir su loción mucho más ahora. Era Fahrenheit de Christian Dior. Una loción que en particular ella amaba. Mordió nerviosamente su labio y correspondió el abrazo de Alberto. Ese chico alto y moreno que siempre se ofrecía a ser parte de los equipos donde sabía María era miembro. Luego de dos años en la misma escuela, jamás habían estado tan cerca. De alguna manera, María se dio la oportunidad de disfrutar el momento. La melodía terminó y Alberto susurró algo al oído de ella sin soltarla.

-Me gustas María. Llevo dos años en silencio enamorado de ti-

María se quedó congelada sin saber qué hacer o decir.

-No estoy tomado ni nada. Sabes que no tomo. Ya no podía quedarme esto para mí mismo por más tiempo. ¿Sabes lo que se siente andar por la vida viendo todos los días a la distancia a esa persona que te hace encontrar una razón de levantarte por las mañanas? ¿Sabes lo que es entrar cada día por las puertas de ese salón y desear encontrarte con los ojos de quien te inspiró despertar? ¿Sabes lo que es tenerla cerca y querer llenarla de besos y poemas? ¿De regalos y sonrisas? ¿Sabes lo que difícil que es respirar el aroma de esa persona que tanto te gusta y tener que contener las ganas de abrazarle limitándote a darle un pequeño "buenos días ¿cómo estás?"? ¿Sabes lo difícil que es despedirte de quien tanto te gusta cuando, aunque han pasado las horas, para ti solo ha transcurrido un minuto a su lado? ¿Sabes lo difícil que es mirar que esa persona está cerca de todos menos de ti pese a estar a unos pasos de distancia? ¿Cómo tomas el valor de callarte con la boca cuando por dentro te deshaces en miles de gritos que solo pronuncian su nombre? ¿Cómo mueves los hilos del destino para que la vida te dé una oportunidad, aunque sea por una ocasión? ¿Qué no estarías dispuesta a dar a cambio de besar esos labios, de tocar esas manos, de encontrar esos ojos? ¿Sabes lo que todo eso se siente en el alma María? -

-Si…lo sé…- asintió ella con los ojos llenos de lágrimas cuando él se apartó de ella para mirarla.

-María. Estás…estás llorando…- Alberto estaba confundido en realidad mientras ella humedecía sus labios tratando de quitar el nudo en su garganta. Pensando que estaba cortejando a la mujer de sus sueños, él no supo que estaba diciendo algo más que un poema conmovedor para ganarse el corazón de esa chica. –Mari, yo…disculpa…no pensé que…-

-Lo sé Alberto. Créeme que lo sé. Sé perfectamente de todo lo que me estás hablando. No tienes idea cuánto…-

Alberto reparó tímidamente que los ojos de María apuntaban hacia un lugar diferente que no era él mismo. Alberto giró lentamente el rostro para encontrarse también con la silueta de Felipe quien, ajeno a su charla, sonreía y platicaba con otras personas en el lugar.

- ¿Él? Pero…yo pensé que…bueno, él es…-

Antes de que Alberto terminara la frase, María puso un dedo en la boca del joven cerrando ligeramente los ojos en señal de que por favor no continuara. Los volvió a abrir y lo miró sonriendo con los ojos.

-Muchas gracias por el lindo baile Alberto. En verdad. Bailas muy bien. No me arrepiento que me hayas sacado a bailar. Han sido dos piezas de baile hermosas. Así como tú. Eres un chavo súper buena onda y estoy seguro que la vida te tiene preparado algo muy bueno. No tengo la menor duda de que encontrarás a esa mujer que corresponda completa y absolutamente a cada una de tus sonrisas, de tus caricias, de tus poemas y de tus lindos detalles. Lo mereces. En verdad. Nunca dejes que ninguna chica te haga creer lo contrario. Eres un tipazo-

Acto seguido, hizo una reverencia tipo vals y se alejó de la pista en medio de la sala. Alberto caminó lentamente hacia el otro extremo de la habitación. María caminó rumbo al patio tratando de tomar un poco de aire fresco y ordenar de nueva cuenta su mente, pero, sobre todo, los sentimientos en su corazón.

La fiesta llegó al final y todos comenzaron a despedirse. Felipe había bebido de más y junto con él, algunos más. Algunos grupos comenzaron a llamar taxis y otros a ofrecerse a llevar a algunos cerca de sus casas o del metro. Antes de salir, Enrique pasó al baño donde sabía que se encontraría con Samuel quien estaba lavándose las manos.

- ¡Hola Samuelito! Terminó el año y finalmente lo hicimos-

Un tanto extrañado, pero no queriendo ser grosero, Samuel devolvió el saludo sonriente.

-Si. Así es Enrique. Gracias a Dios lo logramos. Todos lo logramos. Me alegra que tú…que ustedes también llegaran al fin de curso-

- ¿Siempre tienes tanta fe Samuel? - le preguntó Enrique deteniéndose en la puerta mirándolo en silencio.

-Bueno, mi papá me ha enseñado que hay que ser agradecidos en la vida. La gratitud es un don que abre muchas puertas-

- ¿Quieres mucho a tu papá verdad? -

-Si. Lo amo. Mi papá es la persona que más admiro en este mundo. Tiene una historia muy interesante que contar. Tal vez un día me permitas contártela. Verás porqué lo amo tanto-

Enrique hizo mueca de sonrisa. –Tal vez. Tal vez se cuente sola un día Samuelito. Está bien. ¿Te…te puedo dar un abrazo? -

-Sí, claro. Sin rencores. Cosas pasan en la vida- asintió Samuel sorprendido de la petición de Enrique quien se acercó a él y en efecto, lo rodeó con sus brazos. Samuel oró en silencio por él y Enrique pareció percibirlo pues se sintió incómodo con un calor y escalofrío que le recorrió el cuerpo. Enrique sabía que no estaba acostumbrado a dar ni recibir amor. Se apartó acartonado tratando de disimular su incomodidad.

-Bueno, debo pasar al baño- dijo Enrique y entró.

-Que todo salga bien- bromeó Samuel despidiéndose.

Samuel tomó su chamarra y comenzó a despedirse de todos. Felipe supo que era el momento que tanto estaba esperando y lo abordó de inmediato.

- ¿Te vas sobre Mariano Escobedo? ¿Nos podemos ir juntos? Por seguridad. Tú sabes-

-Sí, claro. Vente pues. Yo tampoco me quiero ir solo. Ya es muy noche y por aquí casi no pasan micros ni transporte público luego de las nueve- añadió Samuel despidiéndose del anfitrión que un poco ebrio veía cómo había quedado su casa luego de la fiesta como pensando en la limpieza del día siguiente. Salieron y comenzaron a caminar sobre la solitaria calle de Horacio. Polanco siempre ha estado inhóspita al anochecer pese a su glamorosa actividad del día.

- ¿Papá? Ya voy de salida. Sí, lo sé. Es tarde. ¡No, no, no! No te preocupes. Puedo llegar solo. Estaré bien. Si, a ti también- y terminó la llamada mientras Felipe lo veía en silencio.

-Se ve que tu papá te cuida mucho. ¿No estás ya grandecito para ser "el pequeño de papá"? - preguntó cómicamente Felipe

-Si…pues, bueno, como yo lo veo, un padre es un padre siempre. Nuestros padres tienen licencia exclusiva para estar detrás de ti desde que naces hasta que te mueres. Eso incluye el paso de niños a jóvenes y de jóvenes a adultos. Me gusta saber que alguien me cuida. Me gusta saber que mi papá es quien me cuida-

-Eso fue muy "padre"- y ambos estallaron en carcajada

-Sí, así es. ¿Cómo te llevas con tu papá? -

-Yo…no tengo papá- sonrió forzadamente y Samuel comprendió mirando nerviosamente hacia otro lado. –Pero descuida. No te sientas mal. No hiciste nada malo. Mi padre nos abandonó cuando yo era pequeño, pero bueno, la vida sigue. Hablando de protección y cuidados, la verdad es que, ya casi a unas semanas de salir de la escuela, no podía pasar de largo la vez que me defendiste. La ocasión en que te portaste muy valiente y pusiste en su lugar a Enrique y los otros. Realmente te admiré. La forma en que saltaste de tu lugar y de pronto te convertiste en Rocky Balboa… ¡Wow! -

-Bueno, no soy tan bueno como Rocky, pero me alegra que al menos te hayan dejado de hostigar. Era muy injusto cómo te trataban antes de ese día. Eres un buen chico. Creo que en verdad mereces respeto- y Samuel extendió su brazo sobre el hombro de Felipe en señal de camaradería. Le dio un par de palmadas y sonrió mientras seguían el paso.

-En serio Samuel. Estoy muy agradecido. Nunca podré agradecerte lo bueno que fue conocerte. Eres como el amigo, el tipo de persona, de hombre que uno siempre quisiera tener cerca-

-Bueno, pues opino igual. Y, de hecho, nos tocará ir cerca en el taxi. ¿Tú vives a la altura del Metro cierto? Le decimos que te pase a dejar y luego yo ya me sigo hasta mi casa. Creo que allá a la distancia viene uno-

Felipe se armó de valor y justo cuando Samuel se subió de nuevo a la banqueta luego de ver si venía el taxi, se acercó a él y lo besó. Samuel se quedó congelado y antes de que dijera algo más, Felipe volvió a besarlo tomándolo de la cabeza con delicadeza llevándolo hacia él. Sus labios se unieron un par de segundos. Samuel se repuso de su asombro y logró separarlo tratando de no ser grosero.

- ¿Qué haces Felipe? -

- ¡Estoy enamorado de ti Samuel! Es obvio. ¿No lo puedes ver? -

Samuel suspiró tratando de ordenar sus ideas.

-Mira Felipe, yo…yo te estimo y te respeto mucho, pero…creo que estás confundido. Estás confundiendo mi amistad con algo más y…y te pido que no vuelvas a hacer eso por favor-

- ¿Tú crees en el amor Samuel? -

-Claro que creo en el amor…-

- ¿Entonces por qué no lo aceptas cuando lo tienes frente a ti? -

-Mira Felipe. Creo que, aunque tenemos un uso común de la palabra "amor", tenemos también concepciones diferentes de su aplicación. Tengo una visión diferente del amor…-

-Lo sé. Pero ¿no es precisamente ese el mandato de Dios? ¿Amarnos unos a otros? El hecho de que alguien te ame de una forma diferente a la que tú conoces, no significa que no sea amor-

-Mira, no haremos de esta noche una charla reflexiva sobre el amor, pero quiero que entiendas que no quiero lastimarte. Yo soy heterosexual Felipe. Me gustan las mujeres. Los hombres…los hombres como tú, o como yo, me caen bien. Solo eso: Me caen bien. Son mis amigos, son mis compañeros, son esas personas que precisamente son hombres con los que puedo compartir cosas y momentos, pero con los cuales nunca podré compartir cosas y momentos como con una mujer…-

- ¿Esto es acerca de tu religión? Yo puedo hacerme cristiano. Puedo ir contigo a la iglesia…-

-No Felipe. Eso te haría miembro del "Samuelismo" y la vida de Iglesia es otra cosa. Es cristianismo. Precisamente porque vas a buscar a Cristo. No a Samuel. Mira, yo te estimo como amigo, como persona. Te lo demostré creo al apoyarte, al salir en tu defensa con esos chavos, pero estás malinterpretando mi estima. Estaremos juntos seguramente un año más y no quisiera perder tu amistad, pero quiero que entiendas que, en cuanto a preferencias sexuales y sentimentales, yo jamás podría llenar ese lugar en tu corazón. Estoy completamente seguro que hay alguien más. Una persona maravillosa y que podría aceptarte tal cual eres con todo ese amor que necesitas, que te hace falta…-

- ¿Quién? ¿Tu Cristo? - preguntó ácido Felipe

Samuel tomó aire en sus pulmones tratando de encontrar las palabras exactas para decir. Estaba confundido, pero no quería lastimar a nadie. Felipe desde luego, no tendría por qué ser la excepción.

-Sin duda Cristo te ama Felipe. Pero yo pensé más bien en alguien en este mundo…-

- ¡Te amo Samuel! Desde que te conocí antes de que me defendieras. Ya me gustabas…-

-Felipe…no niego la fuerza de tus sentimientos, pero por favor, no hay, no habrá algo más entre nosotros dos. No quiero ser grosero y cumpliré mi palabra de que vayamos juntos en el taxi para dejarte cerca de tu casa. Si quieres mi amistad, al bajar de ese taxi, ahí estaré. Si quieres algo más, sabe que me alejaré de ti. Ahí viene el taxi- Samuel extendió su brazo y el taxi encendió sus luces preventivas acercándose.

-Vamos aquí al metro y luego si me puede dejar sobre Marina Nacional por favor- dijo Samuel sonriendo al taxista.

Abordaron la unidad y el silencio reinaba a bordo. Finalmente llegaron al Metro Polanco y Felipe descendió entregando un billete de quinientos pesos al chofer. –Por favor, cobre lo mío y lo del joven- y caminó sin volver la vista mientras Samuel y el taxista se miraban extrañados.

-Parece que su amigo estaba enojado- dijo el taxista poniendo el auto de nuevo en marcha sobre la calle de Arquímedes.

-Algo, sí. A veces uno pierde amigos queriendo encontrar amor, pero donde hay amor siempre pueden encontrarse amigos- respondió.

-Eso fue sabio joven. La vida es rara. Pienso que usted ya lo sabe-

-Pues parece que aún tengo mucho que aprender-

Y el taxi se perdió en la oscuridad de la noche y las lámparas de las grandes avenidas.

CAPÍTULO 4

COMPAÑEROS DE LUCHA

"Andrés tomó más aire para seguir avanzando en dirección de su compañero de lucha. Su edad teóricamente ya no le permitía ciertos movimientos y fuerzas, pero la realidad es que en ese momento el "flaco" fuerte y orgulloso que alguna vez fue, se había activado nuevamente."

Andrés trató de ajustar sus ojos para ver si podía ver algo a través de la tela gastada y sucia que tenía puesta. No lograba ver nada así que desistió con cierta molestia. Tenía un mar de pensamientos acerca de lo que podría pasarles. Ciertamente siempre había sido un hombre temerario y acostumbrado a los pleitos y las agresiones, pero esto era distinto en muchos sentidos. Pelear con alguien implica que tienes la facultad de ataque, pero estar secuestrado implica que estás a merced de tu captor. Andrés estaba tratando de mantener la rudeza y luchó en su interior contra ese sentimiento de miedo y vulnerabilidad. Quizás por eso se animó a abrir finalmente la boca.

- ¿Eres empresario o algo así? - cuestionó Andrés tratando de adivinar en qué lado de la habitación estaría José. El silencio fue la única respuesta que tuvo. No sabía si pensar que el otro estaría desmayado o completamente inmóvil de miedo. Tuvo que reconocer que sentirse solo en ese momento le causó de nuevo incomodidad y eso afectaba su ego de macho que tanto se había esforzado en construir.

-No. Trabajo en un local propio como mucha gente, pero no soy un empresario como tal. ¿Y tú? - respondió José interrumpiendo los sentimientos de Andrés quien de alguna manera se alegró en el interior de saber que no estaba solo en medio de esa situación.

- ¿Entonces porque nos secuestrarían estos cabrones? No entiendo. Bueno sí. Esta ciudad, este país se han vuelto un caos. No sé ni porqué me sorprendo. ¿Estás bien? En la camioneta alcancé a oír que uno de esos monos te pegó. Se oyó que algo tronó…-

-Creo que me rompieron la nariz. Ahorita ya no siento mucho, pero tengo unas punzadas terribles y no me puedo siquiera sobar. ¿A ti también te amarraron las manos? -

-No wey. Me dieron uvas y una pijama- respondió áspero como siempre Andrés quien ni en esos momentos cedía a la amargura de su corazón. El silencio volvió a reinar. Luego de unos instantes, recapacitó y doblando su dureza retomó la charla. –Si, a mí también me amarraron las manos. Era de esperarse. La idea es hacernos sentir completamente indefensos. Sigo sin entender porque nos agarraron a nosotros-

- ¿Tú a qué te dedicas? A lo mejor nos agarraron al azar. He visto en las noticias que hay bandas que agarran parejo con tal de sacar unos pesos- preguntó José haciendo esfuerzos por respirar bien.

- ¡Soy un pinche diablo! No tengo más dinero que cualquiera que ande ahí por la calle…-

- ¿Cómo un diablo señor? Es usted una creatura de Dios. Si no es por dinero, estas personas debieron tener otro motivo para hacer esto- replicó José pensando en un versículo bíblico que pudiera ajustar al momento.

- ¿Cómo que si no es el dinero wey? ¡Claro que por dinero hacen estas pendejadas estos weyes! De menos pedirán unos quinientos mil por "piocha". Tú dijiste que tienes un local. ¿Te pagan con chocolates o qué pedo? Estos cabrones te han de ver estado cazando y ni cuenta te diste-

-Bueno, sí. Puede ser. Pero tengamos confianza en Dios que nos librará de esta situación. Para Dios nada es imposible…-

- ¡Puta madre! - refunfuñó Andrés moviendo la cabeza y tomando aire para sus adentros. –Me secuestran unos hijos de la chingada y me tocó de compañero de celda uno de esos "aleluyos". ¡He de haber hecho algo muy grave para recibir este castigo! - alegó

- ¡Oye! Creo que este es el peor momento para alejarnos de Dios. Justo ahora es cuando más debemos buscarle. La gente suele hacer eso: No busca a Dios sino solo cuando tiene problemas…-

- ¡Si, como estos! ¡Cállate wey! No estamos para esas cosas de tu Dios. Mejor pon a trabajar tu cerebro en soluciones…-

La charla se interrumpió de golpe cuando ambos escucharon murmullos en una habitación cercana. Más por instinto que por curiosidad, ambos inclinaron sus rostros cada uno en su lugar afinando sus oídos tratando de identificar voces conocidas o comprender algo que les diera una pista. La voz de un hombre y una mujer era perceptible pero no exactamente la conversación. Eso les generó cierta angustia. Su curiosidad se vio interrumpida cuando la cadena sonó anunciando la llegada de alguien.

- ¡A ver putos! ¿Quién va a ser el primero? - amenazó una voz de hombre que les pareció conocida. Andrés alzó las cejas cuando recordó que era la voz de quien en la camioneta le había pegado. De manera inconsciente su cuerpo mostró un titubeo. Y no estaba errado en su presentimiento pues aquel regordete se acercó hasta él. Aunque Andrés no podía verlo, sintió su presencia cerca y sobre todo amenazante. En efecto, el gordo aquel lanzó una patada en la pierna izquierda de Andrés que perdió la compostura de estar sentado recargado en la pared obligándolo a encorvarse del dolor.

- ¡Ahora si no hay quien te defienda pinche ruco mamón! ¡Hágala de pedo puto! ¡Hágala de pedo! - y le tiró otra patada ahora a la altura de la rodilla. Andrés no podía sino contraer la pierna pues de manos atadas hacia la espalda no había nada que pudiera intentar siquiera para defenderse.

- ¿Qué quieren de nosotros señor? - dijo José intencionalmente tratando de distraer la atención y evitar que le siguieran pegando a Andrés.

- ¿Qué queremos? ¿Quieres saber qué queremos? - y el gordo se acercó al oído del asustado José que solo movía la cabeza incierto.

- ¡Queremos que te mueras cabrón! - y le jaló de los cabellos rudamente hacia un costado. El miedo hizo que José aumentará radicalmente la respiración. Su nariz rota le impedía obtener todo el oxígeno que su cerebro le demandaba y abrió la boca tomando bocanadas apresuradas. El gordo se dio cuenta de ello y maliciosamente le comenzó a dar de bofetadas. - ¿Qué wey? ¿No puedes respirar puto? ¿No puedes respirar? -

- ¡Piedad! ¡No puedo respirar bien! - pidió José en medio de bofetada y bofetada.

- ¿Y a mí qué chingados me importa? ¡Por mí que te cargue la chingada cabrona! ¡Síguele cómo vas y te pongo otro chingadazo en la puta nariz para que se te salga el hueso! - y volvió a jalarlo de los cabellos bruscamente.

- ¡Ya wey! ¡Van a venir el Buitre y el Flaco y si algo les pasa, me la van a hacer de jamón a mí! No mames- interrumpió la voz femenina lo que hizo que el gordo se separará de José y de mala gana abandonó el lugar. José trataba de jalar todo el aire que podía por la boca pues definitivamente la nariz quebrada ya no le permitía respirar. Estaba temblando sin control y eso aceleraba su ritmo respiratorio.

-Cálmese para que pueda respirar o usted solito se va a ahogar- dijo la voz con cierto tono de compasión y salió luego también.

Andrés comprendía que José había pagado un precio alto por darle un poco de tiempo y pese al dolor en su pierna, volvió a hablarle cuando calculó que ya se habían alejado lo suficiente.

- ¿Estás bien? Trata de calmarte…-

-No puedo respirar bien…siento que me ahogo…- dijo casi sollozante José quien hacía esfuerzos por calmarse. –Dicen que nos quieren matar…nos quieren matar…-

-Cálmate. Lo dicen para asustarnos. Tienes que calmarte. ¿Cómo dices que te llamas? -

-José…me llamó José…- respondió pesadamente con un tono claramente nasal

-Yo me llamo Andrés- suspiró –Recuerda sus voces. Recuerda sus apodos. Dijeron que a uno le dicen "El Buitre" y al otro "El Flaco"-

-Dios mío, ten piedad de estas personas…- oró José en voz alta

- ¡Tú no entiendes! Te acaban de romper la madre y le pides a diosito por ellos. ¡Estás bien pendejo! - reviró Andrés moviendo la cabeza en señal de negación. Estaba a punto de decirle algo más cuando volvieron a escucharse sonidos, pero ahora de más personas. Andrés guardó silencio de inmediato. El sonido de la cadena anunciaba.

- ¿Qué chingados le pasó a ese? - preguntó una voz mucho más joven, pero con más autoridad

-No sé. Cuando los bajaron ya venía así. Creo que le rompieron la nariz- respondió sumisa la voz femenina

- ¡Ven acá pinche gordo! - demandó la nueva voz y en poco tiempo se hizo evidente que era el jefe del grupo. El gordete se acercó mustio y serio. - ¿Ya viste tus pendejas? El putazo que le pusiste le rompió la nariz…-

- ¡Fue el momento wey! Estaba alterado y…-

- ¡Nadie suelta putazos hasta que yo diga! ¿Está claro? -

-Sí, está claro…- respondió forzadamente

- ¿Qué pedo con el otro? ¿Ya no trae más lana? - preguntó el más joven dejando sentir su autoridad en la habitación.

-No sé. Así como el Oscar los bajó así se quedaron…- dijo la mujer, pero fue interrumpida de inmediato

- ¿No quieres darles tu teléfono, pendeja? - reclamó amenazante

-Perdón. Se me fue…- se disculpó la muchacha

- "Se me fue"- dijo burlón el jefe –Se te va a ir, pero el hocico a chingadazos si haces pendejadas. ¿Ni esto puedes hacer bien? ¡Órale! ¡A darle báscula! - ordenó tronando los dedos. La chica se acercó a Andrés y le quitó el saco mientras lo revisaba apresuradamente. Luego le quitó los zapatos y los calcetines sacudiendo esperando encontrar algo. Desde luego, Andrés ya no traía más dinero salvo aquel que ya le habían quitado en la camioneta.

-Ya no trae nada- concluyó la chica.

Aquel joven se acercó a José y lo contempló unos instantes. Él de pie y su presa sentada a su merced le dieron un sentimiento de poder que no pudo disimular en el rostro. Sin decir palabra, le retiró el reloj que José tenía en su mano derecha. El salto de susto que José había dado al sentir la mano de alguien más no pasó desapercibido para nadie en el cuarto.

-Tranquilo ruco. No se acelere. Está chido el reloj- dijo sin expresión y se levantó de nuevo para mirarlo en silencio. –Tienen la misma jeta par de putos- e hizo una seña a la chica quien pareció entender.

- ¡Buitre! ¡Te habla el Flaco! - gritó ella hacia algún lugar de la casa.

"El Buitre" entró en silencio a la señal del Flaco quien sin decir nada asintió con la mirada. "El Buitre" se acercó a José y le habló con voz serena. La chica pareció sentirse asustada y pretextó para salir.

-Voy a…voy a echar aguas-

-A ver cabrón. Te lo voy a preguntar solamente una vez. No me gusta repetir las cosas. Y cuando las repito, me pongo bien pinche de malas. Así que mejor responde cómo vas- amenazó a José poniéndose en cuclillas para que le escuchara mejor. - ¿Me entendiste? -

José movió la cabeza afirmativamente en silencio profundamente alterado.

- ¿Cuántos viven en tu casa? - cuestionó firme "el Buitre"

- ¡No señor! ¡Por favor! Mire…yo…yo le puedo dar cierto dinero, pero dejen a mi familia en paz…se lo suplico…-

"El Buitre" volteó a ver al jefe esperando alguna instrucción la cual pareció recibir con tan solo una mirada y una mueca desganada. Acto seguido, la bofetada cruzó el rostro de José haciéndolo irse de lado apenas detenido por su agresor quien no lo dejó caer.

- ¿Qué fue lo que te dije? No me gusta repetir las cosas. ¿Cuántos son en tu casa? El otro chingadazo va a ser en la nariz y me vale madre si se te zafa el pinche rostro. José temblaba de los labios y pensando que la pregunta no era del todo nociva respondió.

-Somos cuatro…somos cuatro…-

-Dime más…- ordenó su verdugo

-Mi esposa y yo, y mis dos hijos…por favor, no les hagan nada-

-Dame nombres…- ordenó de nuevo

Como se negara a responder de inmediato, "el Buitre" le dio otra bofetada. - ¿Qué quedamos wey? -

-Cinthya…es mi esposa. Mi hija Ana y mi hijo Samuel. Nada más nosotros…-

"El Buitre" comenzó a buscar entre la ropa y sacó la cartera y un teléfono celular que entregó al jefe. Aquel joven comenzó a revisar la lista de contactos del teléfono y se detuvo en uno en particular.

-35748823. ¿Es el número de tu casa? -

-Sí señor. Pero mire…yo…yo puedo ayudarles…por favor, dejen a mi familia en paz. No sé porque me secuestraron, pero ellos no tienen nada que ver. Por favor…- suplicó José.

-Yo creo que sí. Pero ese no es pedo que a usted le interese. Me lo imaginaba más chingón, pero veo que es igual de puto que su hijo. Ahorita nos vemos. Ahorita nos vemos- se despidió aquel joven y salieron poniendo de nuevo la cadena.

- ¡Oh Señor! ¡Por favor, ayúdanos! No te pido mal para estas personas, pero por favor ayúdanos. Tu Palabra dice que tu ángel acampa alrededor de los que te temen y los guarda. Mi familia y yo te hemos servido. No estás obligado, pero por favor, ayúdanos y reprende al enemigo- oró completamente tembloroso el hombre escurriendo un hilo de sangre de su nariz lastimada por las recientes bofetadas de aquel hombre.

Andrés ahora descalzo guardó silencio torciendo nervioso la boca ante la oración de su compañero de cuarto. Realmente no comprendía lo que podía haber dentro de la mente de una persona para no pedir males hacia quien males le hacía. Él sabía, o al menos había aprendido que en la vida, en su vida, había tenido que defenderse siempre. No sabía cómo poner la otra mejilla pues eso era símbolo de debilidad que luego del abandono de su padre había prometido para sí mismo no permitirse. Escuchar una oración le recordaba el velorio de su hermanita y eso lo incomodó interrumpiendo una ola de recuerdos que se comenzaron a amontonar en su mente.

- ¡A ver wey! ¿Si escuchaste? Esos vatos conocen a tu familia o algo así. Échale coco de los vecinos o amigos que tienen y con los que hayan tenido broncas recientemente o alguna vez. Puede que sea una venganza…- animó Andrés

-Nosotros no tenemos enemigos…al menos no terrenales…- respondió José jalando aire para respirar

- ¡Ah chingá! ¿Cómo que terrenales? ¿Son marcianos o qué pedo? - preguntó sincero pese a todo Andrés realmente sorprendido por la respuesta de José.

-La Biblia dice que no tenemos lucha contra sangre y carne, sino contra principado y potestades. Entes de maldad espiritual que viven en las regiones celestes. Efesios 6:12- concluyó José con seguridad

- ¡Uta wey! No entiendo nada de lo que dices. ¿Estás hablando de demonios o qué pedo contigo? -

-Así es. El mal existe. No solo está en nuestras mentes. Hay una lucha a muerte por las almas de los hombres. El Diablo odia profundamente a toda la humanidad y no hay nada que lo haga más feliz que ver la destrucción y tristeza de los seres humanos. Sobre todo, si algunos de esos humanos han conocido de la Palabra de Dios, el evangelio de Jesucristo…- continuó José con serenidad

Algo extraño sucedió en algún lugar del hipotálamo de Andrés que la sola mención del nombre de Jesucristo le hizo recordar aquel sombrío cuadro de la imagen del Sagrado Corazón. Andrés no pudo evitar recordar el rostro sin expresión de ese cuadro en sus manos la noche que fue el velorio de su hermanita. Recordó la oración que había hecho en su niñez anhelando un milagro para su hermanita. Recordó el silencio de la imagen en el cuadro y el sonido del cristal romperse.

- ¡Tú te la llevaste! - pronunció en voz alta a la par de sus recuerdos

- ¿Qué cosa? - preguntó José sin comprender

Andrés agitó su cabeza tratando de luchar contra el recuerdo del rostro de su hermanita en el ataúd y forzadamente se obligó a hincarse para cambiar de posición.

- ¡A ver wey! ¡En serio déjate de mamadas! Le van a poner en su madre a tu familia y tú con tus rollos. Mejor piensa en algo porque por seguro van a regresar a pedirte dinero o algo así-

-No entiendo. ¿Quién querría hacernos algo así? Nos llevamos bien con todo el mundo. Las cosas cambiaron mucho desde que comenzamos a ir a la Iglesia. No peleamos, no tenemos problemas con nadie. Y, por cierto, no son…no son esas cosas que dices. El Evangelio ciertamente es locura para los que se pierden, pero es poder de Dios…-

- ¿Qué? ¿Mamadas? Dilo bien. Ni que se te fuera a caer la boca por decirlo. ¿No que tu Dios mucho amor? - se burló Andrés

-Ninguna palabra corrompida debe salir de nuestras bocas…-

- ¡No mames! En serio, ¡no mames! No me vengas a predicar en un momento como este. Ni modo que les de besos y poemas a estos jijos de la fregada. Ellos no han sido nada románticos contigo. A menos que te gusta que te peguen. A lo mejor es eso. ¿No? ¡No me chingues! -

- ¿Qué tienes contra Dios? Estás viendo la tempestad y no te hincas. Yo era como tú. Altanero, siempre creyendo que me las podía todas y que el mundo tenía que girar a mí ritmo. ¿En serio no tienes ni un poco de temor de Dios en este momento? - espetó José sincero

- ¿Dios? ¿Dónde está tu Dios, pendejo? ¡Neta que no sé porque estoy perdiendo el tiempo hablando contigo! Yo debiera estar ocupado en sobrevivir y no en estar escuchando a un pinche fanático como tú. Desde que llegamos no dejas de hablar de Dios. Y Dios esto, y Dios aquello. ¿Dónde estaba Dios cuando te subieron a la camioneta? ¿No qué Dios guarda a los que creen en él? ¿No dices que tú crees en él? Ese Ángel ha de estar dormido o estaba en la tienda de zapatos porque nunca vi ninguna lucecita cuando te treparon a la camioneta. Date cuenta: No hay un Dios. Te acaban de poner una chinga y de nuevo: ¿Dónde estaba Dios? A ver, quiero ver que baje y te acomode la nariz porque no puede ser que vea que te estás ahogando y no haga nada. Tú tienes hijos y no me imagino lo que harías si ves que le están poniendo una friega. ¡Por seguro ibas y les ponías una madriza a los que tocaran el cabello de tus hijos! ¿Dónde está tu Dios? ¿Dónde está tu Dios? - e hizo una pausa tomando aire. En realidad, estaba molesto. De paso, era la primera vez en muchos años que Andrés había soltado esos sentimientos de su alma hacia afuera. José guardó silencio. Tal vez meditando en lo que había escuchado, tal vez buscando un nuevo versículo para responder. –Tu Dios como siempre, está donde nadie lo puede ver. Solo en la imaginación de mentes débiles que necesitan un soporte externo a ellos para así evadir su responsabilidad. Basta ver el mundo para darse cuenta que Dios está muy ocupado permitiendo que los políticos hagan trizas a las sociedades mientras los pobres siguen en aumento y la gente se muere de hambre mientras se encomiendan a la virgen o a ese Jesús. ¿Por qué estamos nosotros aquí? Tú mismo dijiste que no eres gente mala. ¿Por qué no está aquí un pinche diputado cabronsillo de esos que no saben otra cosa que robar y robar? Ya tienen dinero para gastar ellos y sus familias, pero siguen y siguen robando. Tienen tanto dinero que podrían volver a nacer y seguir gastando. ¡Pero ahí siguen! ¡Ahí siguen! Robando, haciendo trampas, vendiendo a la Nación. ¿Y dónde está Dios? ¿Quién sabe? Los templos llenos de pastores y curas violadores pero el Dios que se supone que está dentro de esos templos no es capaz de cuidar a los niños, a los hijos de esos idiotas que van a dejar toda su quincena con la promesa de irse al cielo y un mundo mejor. ¿Es ese Dios al que te encomiendas? ¿Es ese Dios al que encomiendas a tu familia? ¡No pues, les pones una chinga! Mientras tú y yo estamos perdiendo el tiempo en esta charla estúpida, un Presidente está ganando un nuevo millón de pesos. Robado, deshonesto, lleno de sangre, pero, al fin y al cabo, un millón de pesos que ni tú ni yo veremos en la vida. ¿Dónde está Dios? Estamos secuestrados. ¿Dónde está tu Dios? -

-La Palabra de Dios dice que…- interrumpió José

- ¿La Palabra de Dios? ¿Qué dices tú? ¡Tú wey! ¿Qué dices tú? - contravino Andrés sin darle tiempo de hablar. - ¿Así le respondes a tu familia cada pregunta que te hacen? ¿No tienes mente? ¿No tienes criterio propio? ¿Para qué fregados has vivido todos estos años? Yo no digo que no les hables de Dios si así te gusta vivir, pero neta que tengo la impresión de que eres un fanático. Tu fanatismo, tu religiosidad no te ha dejado ver que hace rato dejaste de ser quizás una persona. Te has convertido en un robot, un perico que habla de lo que le dicen pero que ya no recuerda lo que él mismo sabe. ¿Cuándo fue la última vez que les dijiste algo a tus hijos sin que llevara la firma "Dios dice"? Pienso que ellos necesitan saber lo que su padre, el de carne y hueso, el que pueden ver, el que pueden tocar; ese padre es el que ellos quieren conocer, saber cómo piensa por sí mismo. ¿Me vas a decir que cuando estás con tu esposa poniéndole le hablas de Dios? ...-

-La Biblia dice que el matrimonio sea sin mancilla y en todo debemos dar gracias a Dios…- se defendió José sintiéndose identificado

- ¡No pues chido! - dijo burlón Andrés –Ninguna mujer que yo conozca se prende a punta de versículos bíblicos. Date cuenta que no puedes seguir viviendo así. La vas a hostigar. Puede quererte mucho, pero una mujer también necesita pasión, esa picardía natural. No puedes ser tan "mocho". En serio no puedes- tomó aire e hizo una pausa.

Justo en ese instante entraron a la habitación.

- ¡A ver, a ver! ¿Qué desmadre se traen ustedes dos? ¿Ya se conocen? ¡Ya hasta se están peleando! - dijo "el buitre" en tono burlón. De una patada en el pecho, hizo que Andrés cayera de espaldas pegándose en la cabeza, pero sin perder el conocimiento. Se acercó a José y sin razón, le dio un par de bofetadas forzándolo a ponerse de pie.

- ¡Párate puto! ¡Órale! -

José tenía entumidas las piernas y el nerviosismo lo hacía sentirse aturdido y sus movimientos eran aún más mecánicos lo que desesperaba al "buitre" quien continuaba levantándolo bruscamente.

- ¡Tu pinche familia no quiere pagar lana wey! ¡No te quieren! Dicen que no tienen dinero. O sea, les vales madre. Y como no creen lo que les decimos, les vamos a dar una probadita para que sepan que no nos andamos con mamadas-

Oscar el gordo y "el buitre" sujetaron a José lo más fuerte que pudieron mientras el jefe se acercó para darle un golpe en el estómago que le sacó todo el aire.

- ¡Ya cálmese puto! - y José se dobló en un rictus de dolor que lo hizo lanzar un gemido indescifrable. Eso le dio ventaja al jefe para continuar. Oscar le puso una mordaza en la boca y el grito ahogado que vino a continuación fue intenso, agudo. Andrés se encogió en su lugar suponiendo lo peor. El grito instintivo era automático, incontrolable. José se retorció de dolor echándose hacia atrás, pero Oscar y "el buitre" lo sostenían con toda su fuerza posible.

- ¡Súbele el volumen a la tele! - ordenó el hombre a la chica

- ¡No manches! ¡Ya me llenó de sangre la camisa! - protestó "el buitre" tratando de mantener firme la mano de José quien la trataba de encoger de dolor.

- ¡Ponle la venda con alcohol como quedamos! - y el gordo Oscar obedeció. Eso hizo soltar un segundo grito ahogado a José quien no soportó tanto dolor y se desmayó. En un ademán por demás grosero, lo dejaron caer sin contemplación y se golpeó pesadamente la cabeza.

- ¡Ahí déjenlo! ¡Órale, mándale la foto a Samuel a su correo! A ver si la sigue haciendo de pedo- ordenó el jefe saliendo del cuarto.

"El Buitre" trataba de limpiarse la sangre de su camisa de seda, pero bien sabía que sería imposible. Lleno de coraje le tiro una patada en la espalda al desvanecido José quien ni siquiera pudo responder a tan cobarde agresión. Andrés estaba temblando en su sitio. No era algo común en él, pero daba por hecho que había sucedido algo terrible con su compañero de secuestro. Hacía mucho tiempo que no temblaba de miedo y luchaba por controlarse. Respiraba inhalando y exhalando para mantenerse calmado. Se mantuvo quieto por estrategia y tratando de ordenar sus sentimientos. Podía ser que ese señor religioso a su lado no le cayera tan bien, pero seguía siendo humano como él y eso lo conmovía.

Pasaron unos minutos y Andrés seguía sin escuchar nada en la habitación. Tuvo temor de que algo más hubiera pasado con José. Tuvo miedo de quedarse solo en medio de esa situación. Era evidente que tenía miedo. Se sentía vulnerable luego de mucho tiempo. Reconoció que la soledad de todos los humanos ante la posibilidad de la muerte lo invitaba a reflexionar sobre el hecho de que uno pasa gran parte del tiempo suponiendo la muerte de mucha gente alrededor pero muy pocas la suya propia. No quería ponerse meditativo ni filosófico pero su espíritu en efecto se estaba quebrando más que por el shock, por el hecho mismo de reconocer que estaba solo. Si muriera, nadie se preocuparía por él. Quizás nadie se enteraría de su muerte sino hasta un par de semanas después. No tenía hijos, no tenía esposa. Su madre había muerto y su única hermana también. Su padre era un título social porque nunca había sabido lo que en realidad eso significaría. Ciertamente era la primera vez en mucho tiempo que había tenido una charla. Una verdadera charla. No una llena de albures y peladeces sobre mujeres y cosas triviales. Ese José sería quizás la última persona con quien él tendría la última charla conocida de su propia vida. El silencio de la habitación se hizo pesado en el corazón de Andrés. Se sintió solo, profundamente solo como hacía mucho que no se había dado cuenta.

Un par de sollozos lo hizo acomodarse de nuevo. Haciendo mucho esfuerzo, logró arrastrarse hasta la pared donde fue recargando la espalda para lograr sentarse. Una vez lo logró, abría los ojos lo más que podía aún detrás de esa tela sucia. En verdad deseó poder ver a José. Los sollozos se hicieron cada vez más fuertes. José lloraba como un niño haciendo esfuerzos por respirar. Andrés quiso hablarle, pero estaba conmocionado de escuchar a un adulto llorar así. Hasta donde tenía memoria, nunca había visto llorar a un adulto. No sabía que un adulto podía llorar así tan lleno de vulnerabilidad. Literalmente estaba sorprendido y sus labios no lograron abrirse.

- ¡Oh Señor! ¡Que dura es esta prueba! No…no puedo respirar…me…me…han cortado un dedo… ¡ten piedad Señor! ¡Me duele que estén sobre todo causando tanto miedo y dolor a mi familia! Ellos…ellos no merecen algo así…dame fuerzas Dios mío…sabes que no somos ricos en dinero ni propiedades…toda nuestra riqueza eres tú…somos nosotros mismos… ¡que dolor tan grande Dios! dame fuerza… ¿qué hice mal? ¿Qué fue lo que hice tan mal? ...- y volvió a hundirse en un llanto entre toces e intentos por respirar y escupir la sangre y moco que ahora se combinaban escurriendo por sus labios apenas detenidos por la mordaza en su boca.

-Oye, ¿estás bien? - fue lo único que Andrés logró articular nervioso sabiendo que su pregunta se respondía sola.

-No…no puedo respirar (tose)…no puedo respirar…- digo angustiado José tratando de jalar aire lo más que podía

Andrés percibió el tono de preocupación y como pudo se fue arrastrando en su posición de sentado hacia donde escuchaba que estaba José. –Trata de calmarte. Ya voy- y se esforzó aún más por avanzar.

- ¡Dios mío!... (Tose)…no puedo respirar… ¡Oh Señor! ...-

- ¡Oigan! ¡Oigan! ¡Alguien por favor! Este hombre se está muriendo- gritó sin pensarlo Andrés tratando de que sus captores tuvieran algo de compasión por él. Sabía que se arriesgaba, pero escuchar el dolor de José realmente lo había conmovido. Nadie respondió.

Andrés tomó más aire para seguir avanzando en dirección de su compañero de lucha. Su edad teóricamente ya no le permitía ciertos movimientos y fuerzas, pero la realidad es que en ese momento el "flaco" fuerte y orgulloso que alguna vez fue, se había activado nuevamente. Le resultaba incluso una cosa de orgullo que uno de sus captores llevara el mismo apodo que él cuando más joven. Parecía que la vida lo estaba llevando de alguna manera a enfrentarse a sí mismo.

Arrastrando su trasero de tramo en tramo, finalmente logró llegar hasta donde José. Haciendo peripecias, se puso de espaldas y con la poca libertad que tenía en sus manos, tomó la cabeza de José tratando de levantarla. José se estaba ahogando con su propia sangre aún acumulada en la nariz rota. El moco había comenzado a obstruir las pocas zonas libres por donde el aire podía fluir. Andrés sabía que José tenía que ponerse de pie o al menos enderezar su postura. Como pudo, logró retirarle la mordaza. Al menos retirarla lo suficiente para que pudiera tomar aire de nuevo. Casi le pica los ojos en su prisa por liberarlo, pero hacía lo mejor que podía. Sus manos se toparon con un pequeño charco de sangre y su piel se erizó. Pronto se dio cuenta que la sangre no era de la mano sino de su cabeza. Seguramente se había hecho una fisura cuando lo dejaron caer. Se enfocó en su tarea y fue jalando el cuerpo de José hacia arriba.

-Ayúdame amigo. Sé que no te sientes bien, pero necesito que trates de ponerte de pie. Eso te ayudará a respirar mejor…-

Casi sintiendo que perdía de nuevo el conocimiento, José hizo un esfuerzo más por tratar de ponerse erguido con el poco aire que podía de nuevo aspirar por la boca recién liberada. Finalmente, luego de algunos minutos, ambos lo lograron. Quedaron espalda con espalda, aunque en una pose incómoda.

-Así está mejor. ¿Ya puedes respirar mejor? - preguntó Andrés

-Si…gracias… (Llora)…sentí que me moría… ¡muchas gracias Andrés! ¡Dios te bendiga! - respondió sincero

Era la primera vez, luego de la carta de despedida de Elvira, que alguien volvía a bendecirlo. La sinceridad de las palabras de José lo hizo aceptar la bendición.

-De…de nada-

CAPÍTULO 5

DESPERTARES

"María había despertado a la experiencia sexual lésbica en medio de un accidentado ir al baño para escapar de una monótona clase. Enrique había despertado con su decisión de cometer un secuestro, el infierno de los hombres llenos de rencor y malicia que nunca están satisfechos si no han manchado de sangre sus manos al final del día."

Felipe se puso de pie aún conmovido. María se levantó con él. La miro y sin pensarlo la abrazó. María no sabía qué hacer. Un suspiro los llenó a ambos. Ciertamente hacía mucho tiempo que Felipe no la había vuelto a abrazar. Ella no pudo evitar sentirse feliz pese a lo difícil del momento que los había llevado a ese momento.

- ¿Qué pedo wey? - Laura interrumpió el abrazo mirando molesta a María. Se dio la media vuelta y se alejó corriendo apresuradamente.

María volvió a suspirar, pero ahora llena de preocupación. Felipe la miro con cierto aire de familiaridad.

-Ve. Nos llamamos al rato. Estaré bien. Ve porque ya sabes cómo se pone-

-Sí, te busco. No me dilato- respondió apresurada ella y salió corriendo en busca de Laura.

- ¡Laura! ¡Laura! ¡Espérame wey! -

Laura la ignoró y siguió caminando presurosa hacia la puerta principal de la Prepa. Casi dando saltos, María finalmente la alcanzó. La tomó del brazo obligándola a hacer una pausa.

- ¡Wey escúchame! -

- ¿Qué me vas a decir? Habla porque estoy realmente molesta y si no me alejo te voy a poner un chingadazo- amenazó

- ¡Wey, secuestraron al papá de Samuel! -

-Necesitas algo más creativo que eso porque no me explico cómo un secuestro te pone en medio de las escaleras abrazándote con un tipo a la vista de todos cuando conmigo te pones difícil cuando quiero besarte o abrazarte- protestó la joven vestida de motivos góticos y labios pintados de negro y morado.

- ¡Lau! Ya hemos hablado de eso. Mira, lo que te digo es en serio. Secuestraron al papá de Samuel el de mi salón y ya sabes que Felipe…bueno, quería con ese chavo. Felipe se sentía muy mal y se salió de la clase a medio examen. Lo tuve que alcanzar en las escaleras porque se salió todo sacado de onda-

Laura miró a María y terminó suavizando el rostro.

-Está bien. Te creo. ¿Y qué van a hacer? ¿Ya llamaron a la policía? - preguntó Laura mostrándose comprensiva.

-Sí, creo que sí. Apenas pasó anoche. El papá de Samuel se supone que iría de compras y ya no regresó a su casa. Le marcaron, pero no respondía y luego les habló un tipo pidiendo dinero. Es todo lo que alcanzó a decirme Felipe. Se quedó como en shock justo ahí es las escaleras…-

Laura interrumpió a María con un abrazo y la besó en la oreja.

-Te quiero mucho Mari. No soportaría la vida sin tu cariño. Debo irme. Tengo algo importante qué hacer. Te veo luego-

María guardó silencio. Era curioso porque apenas un par de días antes esas palabras la solían llenar de pasión. Laura había sido la persona que había llegado a su vida aparentemente para llenar un hueco que ella tenía. María conoció a Laura en tercero de secundaria. Curiosamente ese tercer año había sido muy particular para ella y Felipe con nuevas experiencias. Para cuando María supo que Felipe había comenzado a andar con un compañerito del mismo sexo se sintió muy triste y vulnerable. Su mamá casi no estaba en casa pues trabaja largas jornadas para proveerle de estudios. Su padre las había dejado cuando ella tenía ocho años. Su madre volvió a unirse a otro hombre cuando ella tenía diez. Su padrastro terminó abusando de ella en primero de secundaria. Sus conceptos de amor estaban realmente dañados y alterados. Esa tarde, María pidió permiso para salir al baño. La clase de taquimecanografía le resultaba aburrida y mintió tratando de escapar del lento paso del tiempo y la pesada voz de su profesora para impartir la materia. Faltaban cuarenta minutos para la hora de la salida de cualquier manera así que María quiso acelerar el paso de los minutos. Llegó a los baños y en su prisa por entrar a alguno, jaló la manija de uno que estaba entre abierto. Para su sorpresa, Laura estaba ahí. Sentada con la trusa a la altura de sus rodillas, masturbándose.

- ¡Ay perdón! No estaba con seguro…- dijo María cerrando de inmediato y alejándose de ahí al último baño del fondo pensando que podía evadir una discusión.

María alzó su falda y bajó su pantaleta para orinar. Algo le hizo alzar la mirada y se encontró con el rostro de Laura viéndola sonriente del otro lado del sanitario por sobre la separación.

- ¡Uy, qué bonitas piernas! - y María se tapó instintivamente levantándose presurosa. Pero apenas había llegado a la puerta, Laura entró al baño sin darle tiempo de reaccionar.

- ¿A dónde? ¿A dónde? Ahora me toca a mí mamacita-

-Oye no…fue un accidente. Lo siento. ¿Para qué no pones seguro a la puerta? - replicó María sintiendo a Laura cada vez más cerca

-Serena amiga. Tú ya me viste en chones. Ahora me toca a mí. ¿Te gustó lo que viste? -

-No, ¿sabes qué? Ya me tengo que ir. Déjame pasar…-

- ¡Ay! ¿A poco tú nunca te has hecho una? Si se ve que eres de sangre caliente- retó Laura a la tímida y desconcertada jovencita que no sabía cómo enfrentarse a esa situación.

- ¿Qué onda contigo? ¿Qué te pasa? -

-Tú me pasas- y llevó su mano sobre la vagina de María haciéndola irse hacia atrás. Ahora acorralada, María no supo qué hacer y su desconcierto se hizo mayor cuando Laura la besó sin dejar de frotarla entre las piernas. Quizás ya por la experiencia del shock del abuso de su padrastro, no supo defenderse de inmediato. Quizás por ser estimulada de una manera diferente. María se quedó inmóvil. Laura siguió confiada su seducción sin dejar de besarla y tocarla. El instinto cautivó a María quien correspondió el beso y de pronto ya estaba tocando también a Laura. Así pasaron veinte minutos y nadie interrumpió al par de chicas quienes desde entonces comenzaron una relación en secreto. Ante la vista de la gente eran dos amigas, pero en la soledad de las idas al baño, eran algo más.

Laura siempre fue la parte dominante y María de alguna manera traía el equilibrio aportando el lado sensible y femenino. La verdad es que María había aceptado la relación con Laura principalmente por temor, por tratar de purgar en una manera ahora placentera el terrible recuerdo de que su padrastro hubiera abusado de ella. La causa real y más fuerte de su decisión era el despecho que le provocaba que el hombre que ella había amado desde siempre, ahora hubiera decidido fijarse también en otros hombres. De alguna manera, María creía que así estaba acercándose a él, a sus gustos, a poder tratar de comprenderlo.

Llegaron a Preparatoria y el destino hizo que Laura también se quedara en la misma Prepa que María y Felipe. Pese a ser su segunda opción en los resultados del CENEVAL, Laura decidió quedarse al saber que María estaría ahí. Ya en Preparatoria, Laura se volvió más decidida y firme en su postura lésbica. Trataba de imitar a otras parejas que se besaban o abrazaban en los pasillos sin preocuparse por el qué dirían los demás. María en cambio, trataba de ser recatada, mantenerlo en secreto.

-Dame un beso- dijo Laura mientras estaban en la Biblioteca

- ¡No! - respondió María tratando de no hablar tan fuerte

- ¿Por qué? ¿No me quieres? -

-Si…pero no puedo besarte así en público…-

-Entonces no me quieres- chantajeaba Laura

-Sabes que, si mi mamá se entera, además de que me pondrá una friega, menos podré verte. Si eso quieres…-

-Está bien, está bien. Aunque tu mamá debiera entender que el mundo cambió. Ya no estamos en los años cuarenta. El mundo gay ha vencido los viejos paradigmas obsoletos de la heterosexualidad dominante…-

-Por eso, ya te dije: Si quieres que nos sigamos viendo, sigamos discretas- interrumpió María sabiendo que Laura comenzaría de nuevo su perorata sobre satanizar a los heterosexuales y decir que los homosexuales eran lo máximo. Era curioso, cuestión de enfoques porque ella recordaba haber escuchado lo inverso entre la sociedad años atrás. María no era ajena que, así como en un tiempo la sociedad había empujado por denostar las diferencias sexuales entre el mismo sexo, ahora sucedía una especie de revancha histórica. Era como si los nietos de las brujas y anabaptistas hubieran vuelto ahora con poder en puestos estratégicos para vengarse de los curas y cardenales que habían atormentado a sus abuelos. Siendo honesta con ella misma, María seguía sintiendo una fuerte atracción física y sexual por el género masculino. La única mujer que le parecía atractiva y excitante era Laura. Ciertamente la belleza de Laura era su don y su posible maldición. Nadie sabía exactamente cómo era que había abrazado el lesbianismo. Solía hablar muy poco de sí misma con María. En una ocasión le contaba a medias tintas que de niña había ido a casa de unas amigas en sexto de primaria y al parecer una de ellas sacó una película pornográfica de su hermano mayor. Aunque la mayoría se dijo asqueada y se reía nerviosa al contemplar esas escenas lésbicas entre dos enfermeras, Laura quedó muy impactada por ello. Jamás había tenido acceso a imágenes sexuales y esas le parecieron atractivas, excitantes. Tal vez había sido solo el principio.

La madre de Laura, Rocío, ignoraba por completo que su hija había abrazado el lesbianismo. Siempre pensó que su hija se estaba reservando para el hombre correcto en base a sus consejos y recomendaciones. Rocío estaba muy sorprendida de los muchos cambios que su hija había tenido desde finales de sexto de primaria en que asistió a un evento en el Chopo y desde entonces quiso ser "Dark". Atrás quedaron los tiempos de adornos rosados y violeta para sustituir las paredes por colores negros, rojo y morado que se acompañaban de música oscura y gutural. Ahí, en uno de los eventos en Lindavista, es donde también había conocido a Enrique, a Oscar y a Luis (también apodado "El Buitre"). Con ellos probó de hecho por primera vez un cigarro de marihuana. Enrique le gustaba y llegó a tener relaciones sexuales con él en una especie de "excepción" a sus gustos lésbicos. La verdad es que Laura comenzaba a ser algo así como bisexual. Aunque de base había hecho de María su novia oficial, solía coquetear con otras chicas con las que llegaba a besarse e incluso irse a la cama. Solo con Enrique se permitía tener sexo al más puro estilo heterosexual. Enrique solía ser rudo y áspero con ella. Aunque al inicio se presentó galante y romántico, poco a poco se fue endureciendo. Era un extraño contraste. Laura solía ser dominante y la parte masculina con sus parejas mujeres, pero curiosamente ante Enrique se doblegaba por completo. Debido a que Laura era muy hermosa en verdad, muchos chicos la cortejaban. Sus verdes ojos y rubia cabellera la hacían altamente solicitada para recibir rosas, regalos e invitaciones a salir. En su momento incluso abusó de ese poder y llegó a romper el corazón de varios chicos a los que solía sacarles regalos e invitaciones a lugares caros para luego terminar la relación por tonterías y detalles absurdos. Quizás por eso toleraba los abusos que recibía de Enrique. De alguna manera pensaba que estaba recibiendo el mismo "karma" que ella había depositado en esos chicos. Lo más curioso era que Enrique y ella no eran formalmente novios. Él nunca se lo pidió formalmente. Se veían, se besaban, llegaban frecuentemente a la cama, pero sabía que nunca podía tomarlo de la mano o presentarlo como un novio. No solo porque él nunca le había dicho nada, pero además porque en lo profundo de su ser, ella sabía que, si fuera heterosexual, merecería un hombre, un verdadero hombre y no un macho como Enrique y sus amigos. Dentro de todo, solía decir querer a María pues le atraía su belleza y sus nobles sentimientos como persona. Laura supo que algo grande venía a su vida cuando Enrique le habló de un plan que tenía en mente.

- ¡Ya estoy hasta la madre de ese pinche Samuelito! Y me la va a pagar el cabrón. Nomás porque me agarró distraído, pero si no, le hubiera puesto una chinga a su medida-

- ¿Pues qué pasó? - le preguntó Laura mientras le ponía un poco de pomada en la mandíbula para desinflamar el golpe

-Ese wey que se siente muy chingón. Ya le iba a poner sus fregadazos, pero se metieron varios del salón y puras viejas. Si les rompo el hocico, no me la acabo en Dirección. Hasta tu pinche noviecita la María se me puso bien acá de contestona- fanfarroneó

-A ella si no la metas en tus pedos-

- ¡Váyanse a la goma! Pero ya supe que ese Samuel lo que más quiere en la vida es a su papá. Pues con su papá me voy a desquitar y darle donde más le duele. Ya lo platiqué con el "buitre" y Oscar-

- ¿Y qué van a hacer? - preguntó temerosa Laura

- ¡Nos lo vamos a chingar y meterle un buen susto! -

-Por favor flaco, no vayan a hacer tonterías…-

- ¿Y tú quién eres? ¿Mi mamá o qué pedo? Para que te lo sepas, lo vamos a secuestrar al puto. Íbamos sobre el Samuel, pero el "Buitre" tuvo la mejor idea de chingarnos al papá para darle su buen merecido-

- ¡Oye, eso está muy fuerte! - protestó Laura nerviosa

- ¿Qué? ¿Tienes miedo? ¿Vas a ir de chismosa? Pues para que sepas que ahora por preguntona ya estás dentro. Quiero que tú lo cuides cuando lo llevemos a una casa de seguridad que ya consiguió el Oscar. Está allá pasando Taxqueña. Todo se hará en una sola noche y máximo tres días. Si no sueltan lana, ¡pum!, nos lo echamos y san se acabó-

Laura nunca imaginó que un día sería la guardia de dos inocentes secuestrados únicamente para satisfacer el ego y rencor de un Enrique que había aprendido que en la vida, según esto, solo triunfan los más fuertes. Pobre miserable que se daba baños de poder para así esconder su debilidad, su falta de humanidad y, sobre todo, de cariño. Cientos de Enriques en el mundo buscando en el dolor de otros, el amor que no conocieron en sus propios hogares.

Laura en su inocencia había despertado al amor lésbico en medio de un aparente juego de estudiantes. María había despertado a la experiencia sexual lésbica en medio de un accidentado ir al baño para escapar de una monótona clase. Enrique había despertado con su decisión de cometer un secuestro, el infierno de los hombres llenos de rencor y malicia que nunca están satisfechos si no han manchado de sangre sus manos al final del día. Desde luego, Laura desconocía por completo los sentimientos profundos que su novia María sentía por Felipe y que se habían despertado desde su niñez. Mucho menos sabía que Samuel había despertado en Felipe una cadena de sentimientos sobre todo desde aquel día en que lo defendió. Parece que a veces fuera mejor en la vida permanecer dormido y lleno de ciertos sueños, que despertar a las realidades que el mundo y el destino tienen para los seres humanos.

Samuel tomó la iniciativa poniéndose de pie en medio de la sala.

-Les pido un momento de su atención. Quisiera invitarlos a que se unan conmigo para hacer una oración por mi papá. Nos volvieron a llamar para pedir un millón de pesos. No tenemos ese dinero y por seguro mi papá vale todo el oro del mundo, pero en momentos como estos, no sé a quién más acudir además de los señores oficiales aquí presentes. Solo puedo alzar mi voz a Dios y pedir Su misericordia-

El Pastor y su esposa, un par de hermanos de confianza, Felipe, María, Cinthya y Ana se pusieron de pie. Incluso el inspector y uno de los agentes federales se levantaron por respeto a las palabras del joven.

Cinthya y Ana estaban abrazadas con los ojos hinchados de tanto llorar. Felipe y María se tomaron de las manos y unieron sus manos haciendo un círculo junto a los otros dos hermanos y Samuel quien, con el rostro notablemente dolido, se contenía para no llorar más. Para no angustiar a su madre, solo había mostrado al Inspector Téllez la foto del dedo amputado a su padre que Enrique había mandado a su correo electrónico. El recuerdo de la mano amputada de su padre le dolía y le dolía en gran manera. Pese a la decadencia de los tiempos modernos, Samuel era un hijo que realmente admiraba a su padre. Lo amaba. Lo amaba porque se había sabido ganar el respeto de su familia como hacen los verdaderos hombres. Ciertamente se había vuelto un tanto religioso, pero era porque en el fondo se sentía profundamente agradecido por haber recuperado a su familia y tener la oportunidad de una nueva vida. Samuel no tenía mejor ejemplo de cómo debe tratar un hombre a una mujer sino de su padre quien desde que se había arrepentido de su egoísta manera de vivir, todos los días sin falta había llevado una rosa cada noche a su esposa siempre con una notita llena de palabritas cariñosas. Incluso, solía llevarle rosas blancas a su hija Ana y le había inculcado que también procurara ser cortés y amable con su madre y su hermana. Samuel había visto muchas veces a su padre orar en las madrugadas por todos ellos. En el silencio de la noche, José solía levantarse e ir a la sala donde dedicaba de menos cuarenta minutos para pedir por cada uno de ellos. Su padre no solo era un creyente de cada domingo. Samuel había descubierto en más de una ocasión a su padre llevando despensas o víveres a personas pobres. Jamás le decía a nadie. José no gustaba de hacerse publicidad ni siquiera con su propia familia. Samuel amaba a su padre no solo porque una fe le decía que tenía que hacerlo. Lo amaba porque era testigo fiel de un hombre trabajador, honesto y sobre todo amoroso que buscaba ser congruente con sus convicciones. Si Enrique quería hacerle un daño a Samuel, lo había hecho muy bien. Enrique nunca había conocido a su padre, quizás la venganza contra Samuel, era sin saberlo, una venganza contra sí mismo. Samuel quiso iniciar la oración cerrando los ojos y todos guardaron silencio. Pero los labios le temblaban tan pronto quiso pronunciar palabra. El Pastor Chávez se acercó y puso su mano sobre su hombro como pidiendo permiso para tomar la iniciativa.

- ¡Oh amado Señor! Te damos gracias esta hora por la vida que nos das y nos permites. Señor, estamos aquí reunidos con tus hijos por una misma causa. Ni yo como Pastor tengo palabras suficientes para tratar de calmar el dolor de esta familia, pero en los más de veinte años que llevo de conocerte, sé que nada, absolutamente nada está fuera de tu control y de tu divina voluntad. Ciertamente tus caminos son más altos y profundos que nuestras limitadas mentes, pero tu amor y tus planes siguen vigentes. Con la más profunda de las humildades te pedimos todos juntos por la vida de tu hijo José. Tú sabes, ¡oh Padre!, la difícil situación por la que está pasando. Te pedimos que tu ángel esté ahí con él. Por favor, guarda su vida. Guarda su cuerpo y guarda su alma para que en medio de esta prueba mantengan su amor y su fe por ti. No sabemos quiénes han querido hacer esto y tampoco el por qué, pero te pedimos Señor, te pedimos que tus ángeles llenen ese lugar y toques el corazón de esas personas. No te pedimos males por ellos, pero te pedimos que tú los toques con tu amor. Ese amor que está más allá de nuestros conceptos de justicia y verdad…- tuvo que hacer una pausa pues las lágrimas comenzaron a brotar por sus ojos. - ¡Oh Señor! En medio de una sociedad cambiante, te pido por esta familia. Tan humana, tan compleja y tan llena de retos y dificultades como el resto de todos los seres humanos. Todos los que estamos aquí te pedimos que llenes de fuerza sus corazones y les permitas estar juntos de nuevo y juntos, dar gloria a tu nombre. Pon gracia en los policías para que puedan localizar a José y traerlo con bien de nuevo a su casa. Hágase Señor tu voluntad. Todo esto te pedimos, en el nombre de tu hijo amado Jesús-

-Amén- respondieron todos entre lágrimas y narices rojas.

El Inspector Téllez hizo una seña al agente Pérez para que se secara las lágrimas de los ojos y se acercaran a la familia.

-Samuel, Pastor, Cinthya, queremos que sepan que estamos rastreando todas las llamadas en el área. Hace unos minutos hubo una llamada anónima desde un teléfono allá por el sur de una vecina que reportó que unas personas habían bajado de una camioneta a un par de personas y luego se escucharon unos gritos de auxilio de alguien en el interior. Todavía estamos en coordinación con el personal del sector para ir uniendo datos y armando cabos. Si no les molesta, mis agentes y yo seguiremos aquí en el domicilio al menos un par de días más. No respondan llamadas o mensajes de texto, o incluso en las redes sociales, sin notificarnos. Es muy importante que trabajemos juntos- concluyó.

-Está bien. Gracias Inspector. Gracias a todos los oficiales- respondió Cinthya regalándoles la mejor de sus sonrisas –Siéntanse en su casa y pueden tomar leche, café o refresco si gustan. Ya pedimos una pizza para que puedan cenar-

Samuel se dirigió a Felipe y María quienes habían llegado unos minutos antes. –Gracias muchachos por estar aquí. Es bueno saber que uno puede contar con amigos en momentos así-

-Samuel, lo lamento mucho…- dijo Felipe profundamente triste

-Descuida, Dios tiene control de todo. Sé que mi papá estará bien- afirmó confiado el joven dando una sonrisa también

-Lo digo por lo de tu papá y también porque bueno, yo me porté muy grosero contigo. Te había dejado de hablar y fui cortante. Lo siento. Ojalá puedas perdonarme. Una vez tú me defendiste y eso significó mucho para mí. Hoy yo quisiera tener súper poderes para poder localizar a tu papá y defenderlo también. La oración que hizo tu Pastor fue muy linda. Jamás había visto ese lado del cristianismo. No debí burlarme de ti-

-Descuida amigo. Gracias por estar aquí- Y Samuel abrazó sincero a Felipe. Luego se dirigió a María y también la abrazó.

- ¿Te sientes mejor? - volvió a preguntar Andrés a un José profundamente quebrantado que respiraba lentamente recostado sobre su espalda.

-Sí, ya puedo respirar mucho mejor. Muchas gracias de nuevo. Andrés, quiero decirte que, si no salgo vivo de esto, busques a mi familia y por favor les digas que los amo mucho. Yo vivo en calle del olmo número quinientos veinticinco en la colonia Zapata…-

- ¡Cállate! ¿Qué cosas estás diciendo? Vas a salir vivo de aquí. Vamos a salir vivos de aquí. No sé cómo, pero vamos a salir- ciertamente reprendió Andrés nervioso de ver que su compañero de lucha comenzaba a quebrarse en el espíritu.

-No lo sé amigo. Me duele mucho la cabeza y la nariz…me duele la espalda, la mano me punza muy feo. Solo pienso en mi familia ¿sabes? Son una familia hermosa. Estoy pensando en que pude haber sido un mejor padre. Hubo momentos en que como bien dijiste, fui muy religioso. Yo…yo… (Solloza)…yo lo lamento. No me di cuenta de que estaba exagerando. No lo hice con mala intención. Solo he querido ser el mejor ejemplo de padre y esposo que mis hijos puedan conocer. Mi esposa es una mujer hermosa. Si la conocieras, podrías enamorarte de ella. Me perdonó cuando yo más vil y desgraciado fui echándolos a la calle. La fui a buscar y la encontré junto con mis hijos en una iglesia. Quizás por eso me siento agradecido en la Iglesia. Pero tienes razón Andrés, comencé a convertirme en un religioso. Tal vez un poco aburrido y robótico. Me siento cansado. Tengo mucha sed…-

-Trata de calmarte. Yo creo que estos cuates ya no te harán nada más. Solo lo han hecho para…asustar a tu familia…-

De nuevo, fueron interrumpidos cuando entraron de nuevo a la habitación. La cadena de nuevo avisaba peligro.

- ¡Órale! ¿Qué pedo? ¡Ya se hicieron novios! ¡Hasta espalda con espalda y toda la cosa! - se burló corrosivo Oscar

- ¡Hazte para allá putito! - y el "buitre" arrastró a Andrés lejos de José. Andrés cayó pesadamente de lado golpeándose la mejilla en el suelo.

- ¿Cómo ves que a lo mejor vas a valer verga cabrón? - increpó Enrique a José tomándolo de los cabellos zarandeando su cabeza para luego comenzar a patearlo lleno de rabia.

- ¡Por favor, déjenlo! ¡Ya está muy mal! - gritó Andrés escuchando que golpeaban de nuevo a José.

- ¡Tú cállate pendejo! - Oscar le tiró una patada en la pierna.

-Dale las gracias a tu pinche héroe. Tu hijo te hizo esto. ¡Par de culeros! - dijo Enrique mientras comenzó a golpear el rostro de José quien solo se balanceaba de un lado a otro recibiendo los impactos que llegaban a su rostro sin control. En un ardid de maldad, los tres comenzaron a golpear a José. Parecían estarse desquitando de la humillación a sus egos que el valiente Samuel les había propinado esa tarde en el salón. Laura observaba desde afuera de la habitación y solo bajó la vista. Nerviosa, se mordió los labios y caminó hasta donde estaba la televisión. Subió el volumen al máximo. Sacó su celular y nerviosa mandó un mensaje guardando rápidamente el teléfono en su bolsillo. Se sentó en una pila de tabiques y trataba de concentrarse en el programa de chismes sintonizado. Los tres cobardes golpeaban y pateaban a José quien comenzó a sangrar abundantemente de la cara. Andrés seguía extrañado de que a él no le tocara la misma suerte. Algo sucedió en su corazón porque la rabia de la impotencia y el sentimiento de pensar en el indefenso José le quemaron el alma. Luchó y luchó, pero comenzó a sentirse realmente muy triste. El nudo en su garganta le comenzó a arder de tanto reprimir el llanto y las primeras lágrimas se desbordaron por sus ojos quemándole las retinas. Se había prometido no volver a llorar nunca desde la muerte de su hermanita esa tarde en el hospital, pero esto era demasiado. Era mucho más de lo que su duro corazón podía soportar. Se vio a sí mismo llorando esa tarde en el hospital sin nadie que se acercara a él y de pronto le pareció ver a José ahí sentado llorando con él, como él. Era absurdo que había tenido muchos compinches de fechorías y juergas, pero nunca un amigo verdadero. Le resultó irónico que un desconocido como José le despertara un sentimiento fraterno tan fuerte.

- ¡Ya, por favor! ¡Ya mátenme! - imploró José en medio de su dolor mientras sus verdugos parecían poseídos y ni hablar podían sino solo pensar en golpearlo, en lastimarlo, en lastimar lo que representaba: El padre, la mano amorosa que ellos nunca habían conocido. La esperanza de un mejor mañana, de una verdadera hombría que se gana no a golpes sino con actos de amor cada mañana.

- ¡No mames! - pensó para sus adentros Andrés cuando escuchó a José pedir que lo mataran - ¡No puedes dejarlo así! ¡No puedes hacer eso! - Siguió Andrés dentro de su mente –Ese tipo dice confiar en ti. No puedes dejarlo así. No puede ser. Si en verdad existes, si en verdad eres todo eso que él dice, no puedes dejarlo así…Dios, ten un poco de piedad de él…no sé quién es…no debiera importarme, pero…esto es demasiado…permite que dejen de pegarle. Déjalo ver a su familia de nuevo. Pienso que si hay alguien que debiera morirse soy yo que he vivido muy ingratamente con gente que me ha amado y a la que no he sabido amar. A Elvira, a Rocío…a… (Hizo una pausa con un nuevo nudo en la garganta) …a mi madrecita a quien ya no pude abrazar en sus últimos momentos por estar encerrado en la Delegación… ¡Lo siento! ...por favor, ten piedad. Si tú eres real, hazte presente ya…-

Enrique sacó una pistola de entre sus ropas y encañonó a José sostenido por Oscar y Luis.

- ¿Así que ya te quieres morir? ¡Pues te vamos a dar gusto cabrón! - dijo quitando el seguro de la pistola

- ¿Estás pendejo? ¡Van a oír los disparos y van a llamar a la policía! - entró Laura desesperada acercándose a Enrique

- ¡Me vale madre! ¡Ya estoy hasta la verga de todo! - y le tiró un cachazo en la frente a Laura quien, aunque se tambaleó, logró mantenerse sin caer y salió de la habitación.

- ¡Váyanse a la chingada pinches locos! - y salió ahora de la casa

- ¡Esa pendeja ya se va! - gritó Enrique - ¡Vayan por ella! -

José quedó de rodillas maltrecho escurriendo sangre y haciendo esfuerzos por respirar de nuevo. Enrique lleno de ira le apuntó de nuevo en la cabeza.

- ¿Cuáles son tus últimas palabras puto? - le preguntó en un arranque de arrogancia envalentonado por la ilusoria sensación de poder que el arma le hacía sentir

-Cristo…te…ama…-alcanzó a pronunciar José entre sangre, mocos y saliva que llenaban su boca

El rostro de Enrique se llenó de ira. Las palabras de ese indefenso le calaron en lo más profundo de su alma herida. Esas palabras le dolieron más que haber sido quemado con un fierro caliente o apuñalado por la espalda.

- ¡Hijo de tu puta madre! - y jaló el gatillo

Andrés se encogió pegando su rostro al piso. Las lágrimas habían formado un pequeño charco que se combinó con el polvo y le mancharon la cara. Justo como aquel ciego que recibió la vista en manos de Jesús luego de mezclar saliva y lodo. Andrés apretó los ojos.

- ¡Por favor Dios! ¡Por favor! - musitó en su rincón

-Pero... ¿qué chingados? - la pistola se trabó encasquillando la bala mientras Enrique lleno de rabia trataba de desbloquear el arma.

- ¡Esa pendeja ya se fue! - entró avisando Oscar –A ver si no va de rajona con la policía-

- ¡Vamos a pelarnos wey! - dijo el "buitre" mirando nervioso a Enrique quien seguía luchando con la pistola.

- ¡Vale verga! ¡Lárguense si quieren par de putos! ¡A mí no me van a dejar así este par de culeros! - vociferó Enrique altamente molesto sintiendo que sus planes de venganza se desmoronaban.

Oscar y Luis salieron corriendo sin decir más. Enrique tomó un papel y una pluma. Apresurado, comenzó a escribir.

"A ver si tu pinche Dios puede quitarte del rostro la cara de dolor cuando descubras a tu padre muerto culero. Para ti Samuel"

Corrió a la cocina y fue por el cuchillo más largo y puntiagudo que encontró y regresó a la habitación. José estaba en el suelo tosiendo tratando de jalar aire. Enrique se abalanzó sobre él alzando el cuchillo en el aire mientras ponía el recado para Samuel a la altura del pecho de José. La mirada llena de ira y la mano temblándole de rabia se conjugaron en breves instantes.

- ¡Te va a llevar la chingada puto! - anunció haciendo descender su brazo con velocidad

- ¡Ya basta! - y el tabique se estrelló en la cabeza de Enrique noqueándolo haciéndolo caer pesadamente antes de que su mano llegara a su destino. Laura les había hecho creer que se había ido, pero en realidad se había escondido. Soltó el tabique haciéndolo caer pesadamente y se acercó a José.

-Perdóneme señor. Yo…yo no pensé que esto se iba a salir de control- se disculpó Laura cortando con el cuchillo la cuerda que le ataba las manos y el resto de mordaza en la boca. Se pasó luego con Andrés a quien también le liberó las manos cuando lo reconoció. Era el hombre aquel de quien su mamá alguna vez le había dicho estar enamorada. El miedo la invadió y se echó hacia atrás. Se levantó apresurada y corrió.

-Andrés…Andrés…- exclamó José hasta donde las fuerzas le daban.

Andrés estaba completamente paralizado. Escuchó la voz de José y reaccionó. Se quitó la venda de los ojos y la luz le lastimó, pero trató de recuperarse y volteó hacia donde José. Sintió que había vuelto a nacer. Por fin veía con sus ojos a ese compañero, a ese amigo de lucha. Vio a un lado a Enrique desmayado y la pistola a unos pasos. Se apresuró a quitarle la venda a José y con un trozo de tela cercano le limpió el exceso de sangre.

-Vente carnal. Ya la libramos. Mira nomás cómo te dejaron estos cabrones- le dijo mientras lo levantaba con cuidado del piso

José se levantó y vio a Enrique. En un instante, la ira lo llenó y se apresuró a tomar la pistola del suelo empujando a Andrés quien cayó. José tomó el arma con sus dos manos y con lágrimas en los ojos le apuntó. No decía nada, pero sus ojos mostraban una enorme angustia acumulada. José pensaba más que en sí mismo, en el dolor que le habían causado a su familia por esos eventos. Pensó en todo y a la vez en nada. El arrebato de ira le tenía bajo control. Andrés abrió los ojos llenos de sorpresa, se puso en pie tan pronto como pudo y se acercó lentamente a José.

- ¡José! ¡José! Baja la pistola…baja la pistola… ¿Qué estás haciendo? ...-

- ¡Mi familia!... ¡Lastimaste a mi familia! - gritó lleno de rabia José sin quitarle la mirada a Enrique que comenzaba a despertar de nuevo.

- ¡José! ¡Baja el arma! - pedía Andrés acercándose lentamente

- ¿A poco crees que le tengo miedo a la muerte puto? ¡Dispara! ¡Dispara! - retó Enrique riendo sin quitar la vista de José

- ¡José! ¡Dame esa pistola! ¡José! - seguía avanzando Andrés con cautela notando que Enrique trataba de levantarse lentamente

- ¡A mí me protege la niña blanca estúpido! ¡La Santa Muerte! La misma que fue por tu Cristo muerto y la misma que irá por tu puta familia- vociferó Enrique sonriendo malvadamente

- ¡No le hagas caso! Piensa en tu familia José. Tu familia-

-Lastimaste a mi familia- repetía en shock José apuntando el arma acercando cada vez más el dedo al gatillo lo que hizo que Andrés se apresurará a tomar decisiones.

-No lo hagas José. Cristo también murió por él. Tú lo dijiste. Y yo lo creo- y alcanzó a llegar donde José sujetando el cañón de la pistola haciéndolo bajar mientras le quitaba el arma lentamente al maltrecho hombre quien cerró los ojos profundamente conmovido por las palabras de Andrés.

-Perdóname Señor- dijo profundamente conmocionado José soltando el arma.

-Tranquilo. Pedro negó a Jesús tres veces justo luego de haber dicho que nunca lo iba a hacer. Y lo perdonaron- respondió Andrés comprendiendo la avalancha de sentimientos de su amigo.

Apoyándolo consigo mismo, Andrés fue llevando a su amigo para salir de ese lugar. Enrique se soltó a reír a carcajadas.

- ¡Ja, ja, ja, ja, ja! ¡Putos! ¡Putos! ¡Eso es lo que son! -

Andrés y José llegaron hasta la puerta que daba a la calle pasando por un pequeño patio de esa maltrecha casucha deshabitada y sucia. Abrieron la puerta del zaguán de par en par cuando varios agentes federales los encañonaron con sus armas largas llegando justo en ese momento.

- ¡Alto! ¡No se muevan! ¡No se muevan! -

Andrés levantó su brazo libre y José con grandes esfuerzos alzó la mano amputada.

-¡Cuidado! ¡Está armado! - gritó un agente y una serie de disparos sonaron haciendo que Andrés y José cerraran los ojos escuchando las balas apenas a unos pasos de ellos. Enrique cayó pesadamente a escasos metros de ellos. Llevaba el cuchillo aquel en la mano y dos tiros se incrustaron en su cabeza. Uno en la mejilla izquierda y otro en la frente. Uno más en el pecho. La tercera bala atravesó el medallón de la santa muerte que solía llevar consigo. De la tétrica figura no quedó nada sino solo el conocido azadón con que siempre la representan.

- ¡Alto el fuego! ¡Alto el fuego! - ordenó el Capitán Quilantán a sus hombres mientras se acercó al par de amigos que no se soltaban - ¿Quiénes son ustedes? -

-Nosotros somos los secuestrados mi poli. A mi amigo le cortaron un dedo. Necesitamos ayuda médica. Por favor- concluyó Andrés.

- ¡Rápido! Llamen a servicios médicos. Que un escuadrón ingrese a la casa. ¡Rápido! ¡Rápido! -

El cateo concluyó. Nadie más aparte de Enrique pudo ser detenido esa ocasión. Andrés y José fueron llevados en ambulancia al hospital más cercano. La policía dio aviso inmediato a la familia.

- ¡Señora Cinthya! ¡Señora Cinthya! - dijo el Inspector Téllez saliendo de su patrulla entrando hacia la casa.

Samuel y Cinthya se levantaron del asiento donde todos dormían ya. - ¿Qué sucede oficial? ¿Qué sucede? -

-Parece que su esposo ya fue rescatado-

- ¡Gracias a Dios! - dijo Ana despertándose y corriendo a abrazar a su mamá.

-Su esposo y otra persona fueron llevados al Hospital de la Zona Catorce de Taxqueña. Ambos están con vida. El Sargento Gómez y yo los llevaremos a usted y sus hijos al hospital-

- ¿Felipe? ¡Ya encontraron a mi papá! Está en el hospital catorce de zona en Taxqueña. Por si quieres avisarle a María- dejó un mensaje de voz en el buzón. Samuel sabía que a las seis de la mañana Felipe aún estaría dormido.

Todos salieron apresurados y emocionados de la casa.

¡Ring! ¡Ring! ¡Ring!

El tono del celular de María sonó repetidamente haciéndola saltar de la cama. Miró el reloj y eran las seis y media de la mañana. El sol apenas clareaba el día. Limpió las chinguinas en sus ojos y ensalivando su boca respondió.

- ¿Si? ¿Qué pasó Félix? - Sus ojos se abrieron por completo – ¿En serio? ¡Qué bien! - y salió por completo dejando las cobijas atrás.

- ¿Quién es? ¿Quién te habla a estas horas? - entró la mamá de María abriendo la puerta

- ¡Es Félix mamá! ¡Ya rescataron al papá de Samuel! -

- ¡Bendito sea Dios! ¡Qué bueno! -

El timbre sonó y la mamá de María abrió la puerta luego de ver por la mirilla. Felipe estaba despeinado pero sonriente con el celular a la oreja.

- ¡Ya estoy aquí en tu casa! ¡Vamos al hospital! - dijo Felipe lleno de ilusión.

María corrió hacia Felipe y lo abrazó llena de emoción. Ambos se abrazaron balanceándose como dos boyas en el mar. Cuando el abrazo terminó, ambos se miraron en silencio y de pronto, María lo besó. Fue un beso lleno de silencio en palabras, pero altamente repleto de sentimientos. Curiosamente, aunque en un principio su reacción fue de sorpresa y quiso echarse hacia atrás, algo en los labios de María hizo que Felipe tampoco quisiera separarse. Ambos correspondieron el calor del otro. El beso terminó y sin separar sus rostros, mantuvieron las pupilas uno en el otro.

-Te amo Felipe. Lo he hecho toda mi vida. No me importa lo que pase, pero ya no podía seguirlo callando. La vida es tan corta que no sabemos qué nos puede pasar. Hoy estamos confiados de que esas personas que tanto queremos siempre estarán ahí y un día, un día quizás ya no lo estén. Yo no quiero que eso me pase contigo. Respeto tus decisiones, pero nos conocemos desde niños y desde entonces he sentido lo mismo pese al paso del tiempo. Te amo Felipe. Te amo como hombre, como pareja. No sé si me vas a dejar de hablar ahora, pero quiero que sepas que es la verdad-

La mamá de María estaba conmovida al pie de la puerta contemplando la escena. Felipe se quedó en silencio unos instantes. Tantas cosas pasaron por su mente. Humedeció sus labios tratando de recuperar el habla.

- ¿Quieres ir conmigo al hospital? - alcanzó a decir Felipe

-Sí, sí quiero. Y al fin del mundo también- respondió la joven

- ¿Nos da permiso señora? - volteó Felipe hacia la madre de María

-Claro, vayan. Vayan. Llámenme para saber que el papá de Samuel está bien-

Felipe extendió su mano hacia María y sus dedos se entrelazaron. A María no le importó estar en pijama. Supo que, si quería estar al lado de ese hombre, querría estarlo de cualquier manera. Ambos partieron rumbo a la calle ancha más cercana.

Abordaron el camión que los llevaría hacia avenida Taxqueña. Iban en silencio sin decir nada, aún tomados de la mano. Corrieron con suerte y encontraron lugar para ambos. Felipe recostó su cabeza en el hombro de ella. María acarició su cabello con su mano izquierda.

- ¿Por qué nunca me habías dicho nada? - preguntó Felipe

-Tenía miedo. Suponía que ya lo sabías-

-Si me gustabas, pero luego de lo que pasó…yo…yo tuve miedo de muchas cosas. Pensé que ya no podría volver a sentir lo mismo por una mujer. Al principio sentí mucho miedo de lo que sentí, pero luego me uní a ello para conquistarlo. Tuve miedo de perder tu respeto, tu amistad- dijo Felipe levantando la cabeza y mirándola ahora.

-No sé si existe el destino, pero por una o por otra cosa siempre hemos estado juntos. No hemos podido, o no hemos querido separarnos- respondió la joven con una sonrisa en sus ojos.

- ¿Y Laura? ¿Ella no se va a…? -

- ¿Sabes algo? Hoy en la madrugada me mandó un WhatsApp bastante extraño. Curiosamente ella fue la que me animó a decirte lo que te dije-

"Querida María: En la vida uno toma muchas decisiones. Algunas sacan lo mejor de ti, otras al contrario te muestran lo peor que puedes ser o hacer. Me queda claro que nunca has sentido lo mismo por mi como yo llegué a sentirlo por ti. ¿Y sabes qué? Puedo verlo en tus ojos: Tú amas a alguien más. Y no soy tan tonta para no haberme dado cuenta que Felipe es esa persona. Supongo que su reto tendrá que le abras tu corazón sabiendo que él también piensa como yo, que las personas del mismo sexo, aunque somos tenidas por anormales y clandestinos como el resto de otras personas con destino extraño (ya sabes, prostitutas, infieles, introvertidos, gente con una mente sexual o espiritual diferente como esos cristianos o esos que creen en el poder del universo), también somos personas, también somos humanos. Tenemos un pasado igual que cualquiera sin importar si son o no heterosexuales. Tenemos un presente con el cual lidiar sin importar si creemos en Dios de esta o aquella manera. Sobre todo, tenemos un futuro que vamos construyendo en medio de caídas y triunfos por la vida. Mucho tiempo me burlé de los que no compartían la misma forma de ver la sexualidad como yo. Hasta que descubrí que debajo de la misma piel y el mismo orgasmo siempre, siempre encontrarás a otro humano. A otro ser humano. No hay mejores humanos que otros. Tengan vagina o tengan testículos. Tengan dinero o anden mendigando por las calles, todos estamos hechos de la misma piel, de la misma humanidad extrañamente débil y fuerte a la vez. No existe tal cosa como las diferencias. Esas las crean las mismas personas que sostienen a los sistemas: Gobiernos, empresarios, empresas de marketing que nos venden ideas acerca de cómo ser, o cómo sentir, o cómo pensar, o qué creer que necesitamos. Religiosos más que personas espirituales que violan niños en la oscuridad de sus capillas y templos, pero enseñan que ellos son mejores humanos que otros por hablar en nombre de Dios. La única diferencia real es la cantidad de amor genuino y sincero que das en la vida. Sé que no eres completamente feliz a mi lado y quizás nunca lo seas. Nunca te pedí perdón por irrumpir en tu vida y en ese baño años atrás. Puedo decir que fue seducción, pero siendo honestos, fue una violación de tu privacidad y de tu intimidad. Y la intimidad es única, sagrada. Ninguna persona debiera ser molestada, agredida, forzada respecto de un valor tan profundo y propio como es la sexualidad. Más que en los genitales, la intimidad es digna de respeto. Nadie debe ser jamás forzado a ser o hacer con su cuerpo algo que no quiera, algo que no desee realmente con todas las fuerzas de su alma y, sobre todo, algo que no tenga como base el amor. Me encuentro en este momento frente a una estampa de la cobardía humana. Pensé que sería divertido y excitante pero no puede haber diversión y pasión detrás de la humillación verbal o física que se haga de otro ser humano. Jamás. Violentar la humanidad de uno solo, es violentar la humanidad de uno mismo. Compartimos una dosis de energía cósmica que nos unió cuando este Universo fue creado. La energía que alteras de un lado del mundo, tiene eco en el otro extremo del planeta. Sin más choro de mi parte, quiero decirte que pase lo que pase, debes darte la oportunidad por ti misma de decirle a Felipe lo que sientes. Si te rechaza o se queda contigo, ya es cosa suya pero no puedes seguir por la vida sin pensar en ti, en lo que tú quieres, en lo que es importante para ti. Las relaciones pueden terminar, pero tu alma debe quedar siempre intacta. De eso va la vida supongo: De intentar y de volver a intentar y seguir intentando hasta que lo consigues. A lo mejor no siempre con quien o la forma que lo deseas, pero la misma cantidad de amor y sinceridad que das, es la misma cantidad de amor y sinceridad que recibes, aunque sea de una forma diferente. Me despido de ti en cierta paz al saber que vencí el miedo a decirte todo esto. No sabrás de mí por mucho tiempo. Descuida que no voy a hacer algo estúpido como quitarme la vida, pero tomé una decisión que pueda llevarme lejos, más lejos de lo que pude pensar. Te quiero. Te quise. De una manera diferente, clandestina pero finalmente real. Dile a Felipe lo que sientes. Te arrepentirás de no haberlo hecho aún si él decide decirte que no"

Felipe terminó de leer el mensaje y suspiró. Volteó a ver a María

- ¿Crees que funcione? Tendremos que tenernos mucha paciencia de nuevo. Creo que ambos dejamos de ser algo que fuimos mucho tiempo-

-Creo que podemos ser simplemente lo que somos. Lo que queremos ser- respondió ella. Felipe la besó.

Fue él quien tomó ahora la iniciativa. Se unieron en un beso sincero lleno de nada más que de ellos mismos. Se besaron y nada más importó en ese momento, en sus vidas y destinos.

En la siguiente esquina, una morena siempre bien vestida de jeans azules y blusa blanca con suéter negro subió a la unidad junto con su novio hipster. Se sentaron justo en los asientos frente a María y Felipe.

- ¿Sabes? Creo que debemos terminar. Esto, esto ya no está funcionando Armando- dijo ella con tono preocupado

- ¿Qué? ¿Me estás terminando? ¿A mí? ¿Aquí? ¡Estás loca! -

-No, no lo estoy. No vuelvas a llamarme así. Tu respuesta es una señal más de que hemos empatado en la vida motivados por estándares de belleza, moda y estructuras socialmente aceptadas, pero sin nada al interior. Lo hemos intentado es cierto, pero no funcionó-

- ¿Qué pedo contigo Erika? En serio, ¿qué pedo contigo? ¿Desde cuándo eres New Age o qué? -

- ¿Sabes algo? La otra vez cuando nos quedamos de ver en Plaza Antara, mientras cruzaba la avenida, noté que un muchacho me miraba. Muchos hombres me ven, me desean, me tocan con sus pupilas. Tú, por ejemplo. Pero ese hombre me miró. Al principio no lo niego, mi vanidad me hizo levantar el rostro altiva y vanidosa. No conozco a ninguna mujer cuya mirada de admiración de los hombres no sea una especie de presea en el ego. Pero el tiempo parecía detenerse ¿sabes? He pasado por ese cruce miles de veces y nunca me pareció tan largo el cambio de luces del semáforo. Tal vez el tiempo en realidad no existe. Creemos que por tener reloj podemos medirlo o controlarlo, pero en realidad, tal vez estamos en un Universo más complejo de lo que nos explicaron una vez. Y mientras esperaba el cambio de luz, volví a sentir la mirada de ese hombre. No me deseaba cual trofeo. No me deseaba como desnudándome con la mirada. No me veía las piernas ni los senos. Sus pupilas se metieron entre las mías atravesando mis lentes de sol de marca y marco dorado. Por extraño que parezca, pude sentir su enorme deseo de querer hablarme. De querer hacer contacto. ¿Y te digo algo? Yo quería, yo anhelé con todas las fuerzas de mi corazón que se atreviera a hacerlo. Desde luego era apuesto y bien vestido, pero eso me importaba un bledo. El alma de ese hombre portaba un traje que ningún Zegna puede igualar. En sus ojos había sensibilidad, poesía, humildad, hombría, humanidad. Tímido sin duda, pero finalmente todo eso estaba ahí. Reduje la velocidad de mi paso esperando el momento en que me dijera algo. No importa lo que fuera. Yo le habría dado tema de conversación. Hubiera creado un par de preguntas más para quedarnos charlando. Le hubiera aceptado gustosa una café-

- ¿Te estás dando cuenta de lo que me estás diciendo? ¿Estás aceptando que podrías serme infiel? Estarás muy buena, pero ¿sabes qué? No eres ni la primera ni la última mujer en este mundo Erika. Y yo no tengo porque estar escuchando todas estas estupideces de tus despertares de conciencia. No pensaste en eso cuando te llevé al Lago de los Cisnes o de compras a Santa Fe. Ahora te quieres dar baños de iluminada pues… ¡vete a la chingada! - y Armando se levantó molesto de su asiento y casi empujando a todos tocó el timbre bajando presurosamente.

Erika ajustó sus lentes oscuros y suspiró en cierta manera reconfortada de que todo hubiera llegado a su final. Tomó su bolsa y se puso de pie. Caminó hacia la puerta trasera de bajada y se dispuso a tocar el timbre para descender en la próxima parada. Vio besarse a María y Felipe y sonrió de ver amor sincero entre los dos.

- ¿Cuánto es de uno aquí a la altura de Nativitas? -

-Son cinco pesos joven- dijo el chofer impaciente

Julián pagó el importe y buscó un lugar. Se sentó justo donde Erika había estado unos instantes antes. Un escalofrío recorrió su cuerpo y lo hizo ajustarse el cuello de su chamarra. Volteó de reojo viendo a María y a Felipe enlazados por un beso y sonrió de ver amor sincero entre los dos. Sacó su teléfono celular y buscó entre la lista de contactos.

Marcó el número y esperó paciente mientras el par de tonos anunciaba que la llamada estaba en progreso.

- ¿Hola? - respondió una voz suave

-Hola. Me gustaría ver a Melina-

-Ella ya no está con nosotros corazón. Pero puedes conocer a las nuevas chicas. De hecho, renovamos personal-

- ¡Oh! ¿Sabes si hay un número donde pueda localizarla? -

- ¿Quién habla? -

-Yo… soy un…una persona que le tomó mucho afecto ¿sabes? Pensé que podría volver a verla…quizás…-

-Ya veo. Sí, ella era muy linda. Buena onda y de buen trato. Lo siento. No tengo ningún número personal. Solo sé que algo le pasó luego de estar con un cliente y decidió darle un giro a su vida. Me alegra por ella. Estamos seguros que le irá muy bien. ¿En serio no quieres conocer a otra de las chicas? -

-No, gracias. Bueno, pasen bonito día y que estén bien-

- ¿Julián? ¿Eres Julián verdad? -

-Sí, soy yo- respondió sorprendido cuando escuchó que del otro lado sabían su nombre.

- ¿Sabes? Al día siguiente de estar contigo, ella presentó su renuncia. Al principio te odié porque ella era de nuestras mejores chicas. De menos, entre cinco a seis servicios los fines de semana. Sin chicas hermosas como ella, la casa no podría sobrevivir. Llegó conmigo con un rostro diferente. Casi ni la reconocía. Dijo varias cosas, pero me confió tu nombre. Me dijo que estar contigo le había cambiado la vida. Que quería dar nuevos saltos en nuevas nubes. En este negocio es muy difícil encontrar buenos hombres como tú. Hombres que además sean personas que no se olviden que nosotras también somos y seguimos siendo personas. Estamos en un rango entre lo clandestino y lo permitido. Somos como ese lunar que cubres con tu camisa pero que sigue ahí en tu clavícula y que siempre sale cuando tu piel está desnuda. Cuando lo más instintivo de ti sale al exterior y no sale por una u otra causa en formas socialmente permitidas. Nos llaman "putas", "chicas fáciles" o cuanta etiqueta más, pero a veces llegamos a ser más mujeres y más femeninas que muchas que en sus hogares no saben siquiera cocinar o siguen con el miedo de darse la oportunidad de disfrutar un orgasmo para ellas mismas. Ni siquiera para sus maridos. Nos dicen "putas" pero ser virgen no te hace una santa, así como disfrutar del sexo no te hace una golfa. Conozco a muchos hombres que no son dignos del pene que portan. Son incluso más débiles y cobardes que una mujer aparentemente más "débil" que ellos. Así como a nosotras nos critican, así también critican a quienes se acercan a nosotras. Algunos dicen que son débiles, inseguros, de baja auto estima, faltos de hombría para conquistar a una mujer en circunstancias normales. Yo pienso que se requiere cierto valor para apostar eso que llaman "decencia" y reputación sabiendo que su vida íntima puede irse derechito al carajo si en sus hogares o trabajos se enteran que han pagado por estar con una mujer que nunca han visto. Se requiere cierto valor para apostar a la mentira de sentirse temporalmente aceptados, queridos o deseados. Recibimos a los verdaderos "ellos" que hay debajo de esa fachada social. Muchos pagan por simplemente ser escuchados porque hace mucho que sus esposas no paran de hablar y de quejarse y de decirles todo lo que hacen mal. Cuando un hombre guarda silencio la mayoría de mujeres piensa que "ganó" la discusión. Desconocen que ese silencio puede ser un arma de dos filos que afecte al largo plazo su relación. Muchas mujeres se descuidan, se dejan engordar, se dejan de peinar y maquillar sin comprender que los hombres perciben la vida por los ojos. Luego del estómago, sus ojos necesitan saciarse constantemente. No me preguntes porqué, pero pienso que Dios puso esa necesidad en sus cabezas para traer equilibrio de fuerzas en este mundo. Creen ser los dueños de sus destinos, pero la verdad es que por cada tres decisiones que un hombre toma, dos son motivadas o tienen en el largo plazo a una mujer. No, no son tan fuertes como creen. Cientos de penes andantes llegan con nosotras creyendo que queremos ser sometidas, escupidas, violadas, eyaculadas en la cara y recibir nalgadas, o meternos cosas en el ano. ¡Imbéciles! No conocen otra cara del sexo que la pornografía. Y el sexo no se concibe sin amor, sin humanidad. ¿Creen que nosotras somos putas por vender nuestro cuerpo? Muchos de ellos son más putos que nosotras al creer que pueden comprar hombría o sexualidad. Consiguen placer, pero muy poca intimidad. Pobres y miserables muchachitos en cuerpos de adultos que no saben ni conocen sus propios cuerpos. Tienen auténticas mujeres a su lado y solo saben usarnos como manos gigantes. No saben besar, no saben tocar a una mujer, no saben hacerla sentir algo más que un cuerpo a su lado.

Por eso, cuando uno en un millón aparecen hombres (conste que no dije "clientes") como tú, uno no puede sino dar gracias de que pocos, escasos, pero todavía existen varones de verdad. Están hechos de humanidad. De la misma humanidad que nosotras. Ustedes tienen sus razones para venir y nosotras las nuestras para recibirlos. Pero ¿qué somos al final? Humanos. Personas. Ustedes no llegan buscando una vagina, ustedes llegan buscando una mujer. Nosotros encontramos en ustedes algo más que un pene. ¿Ves? Eso es humanidad. La verdadera humanidad. Eso es lo que ambos buscamos en ambos sentidos. No me extraña que Melina haya decidido cambiar el rumbo de su vida. No porque haber sido escort la haga menos mujer o más puta. Esto es un empleo al final. He sabido de Presidentes de la República que fueron boleros antes de sentarse en los Pinos. ¿Dónde creen que una mujer no puede tener episodios aparentemente menos dignos en su camino al poder, a la superación personal? Si me preguntan si el bolero era menos digno que el Presidente, seguramente ya tienes la respuesta. Melina se fue al día siguiente que estuvo contigo. La despedimos con mucho cariño. Porque en este medio también haces amigas. También admiras a otras mujeres no solo por su cuerpo sino por su espíritu fuerte y valiente. Admito que lloré cuando se fue. Ella fue mi confidente. Mi cercana y a veces mano derecha. Cuando dijo tu nombre se le iluminó el rostro. De paso, me dijo que eres bueno en lo que haces. La conquistaste también por algo más que tus lindos ojos. Te soy sincera, en esta profesión uno a veces llega a ver historias de príncipes rescatando a princesas y está bien. Pero me gusta más cuando las princesas deciden rescatarse a sí mismas y abandonan la torre de sus propios miedos e inseguridades como Rapunzel. Melina es una de ellas. En verdad no tengo ningún número personal para darte. Y si lo tuviera, tampoco te lo daría. ¿Sabes por qué? Si el destino en verdad existe, uno se encuentra siempre con las personas con quien uno tiene que encontrarse. A veces te toca ser el guía de unos y a veces te toca que otros te guíen en la marcha. Hay gente que llega para quedarse y otros que solo pasan para darte un mensaje, una enseñanza. Créeme, también he visto casos de esos en estos años. El mundo es un cuarto de juegos muy pequeño donde podemos encontrarnos la misma caja de juguetes tarde que temprano y si no, al menos, encontrarnos en el mismo cuarto jugando el mismo juego o jugando en diferentes equipos. Los mismos motivos que te llevaron a ti a buscar, son los mismos motivos que pueden llevar a una de estas chicas a encontrarte. Pero, ¿en qué momento empatan las cuerdas de nuestros destinos? No lo sé. Tampoco me interesa. La vida es un helado que debes saborear sin pensar en si está muy frío o muy caliente. Simplemente sucede y sucede ahí: No en el pasado, ni en el futuro de nadie. Todo sucede hoy. En el presente. Justo como esta charla que estamos teniendo. Espero que la encuentres Julián. Si ella es lo que realmente necesitas, pero, además, si tú eres lo que ella realmente necesita, entonces sucederá. Tarde que temprano. No te afanes, no te desesperes, no te rindas, no desmayes. Vive y simplemente sucederá. Abre los ojos. La persona correcta no existe. La persona exacta tal vez. No siempre lleva la forma que nos hemos idealizado, pero lleva la cantidad exacta de amor y felicidad que necesitamos y podemos corresponder. Solo tienes que perder el miedo de amar. Amar es el verdadero reto a la vulnerabilidad porque nos expone. Nos hace descubrirnos a los otros como realmente somos más que como aparentamos ser. Amar da miedo. Coger es fácil. Abusar de los demás también. Obligarlos a que te correspondan o chantajearlos para que hagan lo que quieres también es fácil. Esperar que los demás sean como tú esperas, como tú quieres. Pero amar, realmente amar requiere valor. Tomar el valor para dar el salto y decir lo que sientes, lo que realmente quieres es un acto valiente. Puedes encontrar un "no" pero el rechazo habita en tu mente. No existe. Pero también puedes encontrar el "si" cuando vences el miedo de recibir un "no". Abre los ojos. Abre los ojos. ¿Seguro no quieres conocer a otra chica? - concluyó bromista Carmen.

-No, gracias. Muchas gracias por todo de nuevo- y colgó la llamada. Julián se quedó quieto un momento meditando para sí. Su reflexión se vio interrumpida cuando el timbre del microbús sonó insistente.

- ¡Bajan! ¡Oye, tu timbre no sirve! - dijo Erika un tanto molesta al ver que la estaban pasando de la bajada.

- ¡Ahorita te bajo chula! - dijo pícaro el chofer mirando por el retrovisor mostrando su diente de oro y su amarillenta dentadura

Julián volteó y se levantó de un salto. Erika comenzó a descender cuando el microbús estuvo en alto total. Julián corrió hacia la puerta mientras el micro avanzaba de nuevo.

- ¡Bajan! ¡Bajan! - gritó desesperado

- ¡Otro! - reclamó molesto el chofer y se detuvo bruscamente haciendo que María y Felipe interrumpieran su abrazo y beso.

- ¡Órale que no traes puercos! - gritó María molesta

Julián casi se cae al bajar del microbús ante la mirada curiosa y burlona de algunos pasajeros.

- ¡Oye! ¡Oye! - gritó Julián al ver que Erika se alejaba sin mirar atrás. - ¡Tú, la del suéter negro! - lanzó al aire su último intento por llamar la atención. Para fortuna, funcionó. Erika volteó mirando por encima de los lentes oscuros. Julián llegó corriendo frenando casi como auto tratando de componer su chamarra agitada.

-Disculpa que te haya gritado, pero era muy importante para mí que me dieras un par de minutos…-

- ¿Quién eres perdón? - preguntó Erika extrañada manteniendo su distancia como precaución.

-Me llamo Julián. Soy…soy una persona más en este país, en esta ciudad, pero te vi una vez en el cruce de Moliere y Ejército Nacional apenas hace poco…-

Erika levantó la ceja izquierda con sorpresa.

-Te vi esa vez y tenía tantas ganas de hablarte, de decirte algo, pero tuve miedo. Yo…yo solía tener mucho miedo de hablarles a chicas tan lindas como tú porque temía que me rechazaran. Tenía mucho miedo de no ser suficiente. Suficientemente atractivo, o suficientemente elegante, o suficientemente interesante. Pero una amiga, una linda amiga y mujer tan bella como tú me hizo darme cuenta que el único muro real lo ponía yo mismo. No me importa que tengas novio. No te estoy pidiendo nada más sino principalmente quería decirlo. Quería decírtelo a ti. Soltarlo. Hacerlo por fin. Me da mucho gusto que la vida me haya dado de nuevo la oportunidad de verte para decírtelo. No te ofendas, con todo respeto creo que eres una mujer bellísima, realmente hermosa. Eso era. Eso era lo que quería decir-

Erika apretó los labios haciendo esfuerzos para no llorar.

- ¿Quién eres? Me vas a hacer llorar y…no me gusta llorar…no al menos en las mañanas…- dijo brindando una sonrisa a Julián

-Bueno, yo… no esperaba hacerte llorar para ser honestos…-

-Pues lo lograste. Espero te sientas mejor-

-No sé qué más decir. Me siento muy estúpido…-

-Bueno, tienes diez segundos para pensar algo inteligente porque estoy a punto de seguir mi camino…- dijo enjugándose las lágrimas de su ojo derecho alzando sus lentes oscuros.

Julián se quedó congelado. ¿Qué se supone que debería decir si no esperaba encontrársela de nuevo, si no esperaba que ella le pusiera atención? Ella notó su titubeo y apretó los labios.

-Bueno, gracias por tus lindas palabras. Ten un lindo día y…-

-Vamos a conocernos. Te invito a desayunar, a tomar un buen café. Tengo buen sentido del humor. Puedo contarte unos chistes muy buenos o déjame saber de ti. ¿Qué te gusta? ¿Qué te llena de pasión en la vida? Soy una persona muy interesante. Vamos a conocernos- interrumpió Julián mirándola a los ojos.

Erika sonrió y asintió con la cabeza

-Sí, vamos a conocernos. Me parece una idea genial-

-Me llamo Julián- dijo él extendiendo su mano –Creo que tendremos que repetir la escena para borrar ese cacho donde yo llego corriendo todo ansioso detrás de ti-

-No. Déjala. Esa escena me gustó. Yo me llamo Erika. ¿Así que tú eres ese que no dejaba de verme en el crucero? Estaba a punto de darte un babero ¿sabes? Tienes una mirada que puede ser incómoda si la mantienes por mucho tiempo- dijo Erika bromista haciendo charla dándole tiempo de relajarse

- ¿En serio? ¡Wow! Debieron ser los pupilentes de gato que llevaba esa vez. Me hacen sentir…felino, audaz. Tú sabes- y sonrió.

Ambos caminaron hacia un restaurante que vieron cerca. Algo había finalmente muerto en Julián y en Erika, pero al mismo tiempo algo nuevo había también nacido. Algo lindo había despertado saliendo por fin, y de una vez por todas, de en medio de toda esa clandestinidad confirmando que detrás de cada mujer, de cada hombre, de cada niño, de cada malvado y cada bondadoso ser, existen una y mil razones cuyo factor común siempre será la misma humanidad. No existen seres clandestinos. Existen humanos viviendo vidas extrañas y particulares entre otros tantos viviendo en la clandestinidad. **F I N**.

ACERCA DEL AUTOR

Juan José Morales González nació el 28 de enero de 1977.

Actualmente radica en la Ciudad de México.

Usted puede entrar en contacto con el autor directamente escribiendo al correo electrónico juanitomx@gmx.com

Aunque de profesión dedicado a las computadoras y tecnología, de corazón y desde siempre, escritor, músico, poeta y soñador (por no confirmar que ciertamente loco).

Autor de cuentos cortos, novelas, poema, música electrónica, así como ensayos y reflexiones varias, Juan José Morales comenzó a escribir desde que tenía ocho años. Cree en la vida, en la esperanza, en el lograr los sueños y decir en letras lo que con palabras no siempre es posible. Eterno soñador y enamorado de la vida, la belleza femenina, y la reflexión por la vida y su hermosa complejidad.

www.ingramcontent.com/pod-product-compliance
Lightning Source LLC
LaVergne TN
LVHW091429190726
843491LV00006B/1658

* 9 7 8 6 0 7 2 9 0 4 5 0 7 *